老舍——著

着就要
有趣洒脱

江西美术出版社
全国百佳出版单位

贰

光景

肆
杂说

壹

旧时

北京的春节

　　按照北京的老规矩，过农历的新年（春节），差不多在腊月的初旬就开头了。"腊七腊八，冻死寒鸦"，这是一年里最冷的时候。可是，到了严冬，不久便是春天，所以人们并不因为寒冷而减少过年与迎春的热情。在腊八那天，人家里，寺观里，都熬腊八粥。这种特制的粥是祭祖祭神的，可是细一想，它倒是农业社会的一种自傲的表现——这种粥是用所有的各种的米，各种的豆，与各种的干果（杏仁、核桃仁、瓜子、荔枝肉、莲子、花生米、葡萄干、菱角米……）熬成的。这不是粥，而是小型的农业展览会。

腊八这天还要泡腊八蒜。把蒜瓣在这天放到高醋里，封起来，为过年吃饺子用的。到年底，蒜泡得色如翡翠，而醋也有了些辣味，色味双美，使人要多吃几个饺子。在北京，过年时，家家吃饺子。

从腊八起，铺户中就加紧上年货，街上加多了货摊子——卖春联的、卖年画的、卖蜜供的、卖水仙花的等都是只在这一季节才会出现的。这些赶年的摊子都教儿童们的心跳得特别快一些。在胡同里，吆喝的声音也比平时更多更复杂起来，其中也有仅在腊月才出现的，像卖宪书的、松枝的、薏仁米的、年糕的等。

在有皇帝的时候，学童们到腊月十九日就不上学了，放年假一月。儿童们准备过年，差不多第一件事是买杂拌儿。这是用各种干果（花生、胶枣、榛子、栗子等）与蜜饯掺和成的，普通的带皮，高级的没有皮——例如：普通的用带皮的榛子，高级的用榛瓤儿。儿童们喜吃这些零七八碎儿，即使没有饺子吃，也必须买杂拌儿。他们的第二件大事是买爆竹，特别是男孩子们。恐怕第三件事才是买玩意儿——风筝、空竹、口琴等——

和年画儿。

儿童们忙乱，大人们也紧张。他们须预备过年吃的使的喝的一切。他们也必须给儿童赶快做新鞋新衣，好在新年时显出万象更新的气象。

二十三日过小年，差不多就是过新年的"彩排"。在旧社会里，这天晚上家家祭灶王，从一擦黑儿鞭炮就响起来，随着炮声把灶王的纸像焚化，美其名曰送灶王上天。在前几天，街上就有多少多少卖麦芽糖与江米糖的，糖形或为长方块或为大小瓜形。按旧日的说法：用糖粘住灶王的嘴，他到了天上就不会向玉皇报告家庭中的坏事了。现在，还有卖糖的，但是只由大家享用，并不再粘灶王的嘴了。

过了二十三，大家就更忙起来，新年眨眼就到了啊。在除夕以前，家家必须把春联贴好，必须大扫除一次，名曰扫房。必须把肉、鸡、鱼、青菜、年糕什么的都预备充足，至少足够吃用一个星期的——按老习惯，铺户多数关五天门，到正月初六才开张。假若不预备下几天的吃食，临时不容易补充。还有，旧社会里的老妈妈们，讲究在除夕把一切该切出来的东西都切出来，省得在正月初一到初五再动刀，动刀剪是不吉利的。这含有迷信的意思，不过它也表现了我们确是爱和平的人，在一岁之首连切菜刀都不愿动一动。

除夕真热闹。家家赶做年菜，到处是酒肉的香味。老少男女都穿起新衣，门外贴好红红的对联，屋里贴好各色的年画，哪一家都灯火通宵，不许间断，炮声日夜不绝。在外边做事的人，除非万不得已，必定赶回家来，吃团圆饭，祭祖。这一夜，除了很小的孩子，没有什么人睡觉，都要守岁。

元旦的光景与除夕截然不同：除夕，街上挤满了人；元旦，铺户都上着板子，门前堆着昨夜燃放的爆竹纸皮，全城都在休息。

男人们在午前就出动，到亲戚家、朋友家去拜年。女人们在家中接待客人。同时，城内城外有许多寺院开放，任人游览，小贩们在庙外摆摊，卖茶、食品和各种玩具。北城外的大钟寺、西城外的白云观、南城的火神庙（厂甸）是最有名的。可是，开庙最初的两三天，并不十分热闹，因为人们还正忙着彼此贺年，无暇及此。到了初五六，庙会开始风光起来，小孩们特别热心去逛，为的是到城外看看野景，可以骑毛驴，还能买到那些新年特有的玩具。白云观外的广场上有赛轿车赛马的；在老年间，据说还有赛骆驼的。这些比赛并不争取谁第一谁第二，而是在观众面前表演骡马与骑者的美好姿态与技能。

多数的铺户在初六开张，又放鞭炮，从天亮到清早，全城的炮声不绝。虽然开了张，可是除了卖吃食与其他重要日用品的铺子，大家并不很忙，铺中的伙计们还可以轮流着去逛庙、逛天桥和听戏。

元宵（汤圆）上市，新年的高潮到了——元宵节（从正月十三到十七）。除夕是热闹的，可是没有月光；元宵节呢，恰好是明月当空。元旦是体面的，家家门前贴着鲜红的春联，人们穿着新衣裳，可是它还不够美。元宵节，处处悬灯结彩，整条的大街像是办喜事，火炽而美丽。有名的老铺都要挂出几百盏灯来，有的一律是玻璃的，有的清一色是牛角的，有的都是纱灯；有的各形各色，有的通通彩绘全部《红楼梦》或《水浒传》故事。这，在当年，也就是一种广告；灯一悬起，任何人都可以进到铺中参观；晚间灯中都点上烛，观者就更多。这广告可不庸俗。干果店在灯节还要做一批杂拌儿生意，所以每每独出心裁的，制成各样的冰灯，或用麦苗做成一两条碧绿的长龙，把顾客招来。

除了悬灯，广场上还放花盒。在城隍庙里并且燃起火判，火舌由判官的泥像的口、耳、鼻、眼中伸吐出来。公园里放起天灯，像巨星似的飞到天空。

男男女女都出来踏月、看灯、看焰火；街上的人拥挤不动。在旧社会里，女人们轻易不出门，她们可以在灯节里得到些自由。

小孩子们买各种花炮燃放，即使不跑到街上去淘气，在家中照样能有声有光地玩耍。家中也有灯：走马灯——原始的电影——宫灯、各形各色的纸灯，还有纱灯，里面有小铃，到时候就叮叮地响。大家还必须吃汤圆呀。这的确是美好快乐的日子。

一眨眼，到了残灯末庙，学生该去上学，大人又去照常做事，新年在正月十九结束了。腊月和正月，在农村社会里正是大家最闲在的时候，而猪牛羊等也正长成，所以大家要杀猪宰羊，酬劳一年的辛苦。过了灯节，天气转暖，大家就又去忙着干活了。北京虽是城市，可是它也跟着农村社会一齐过年，而且过得分外热闹。

在旧社会里，过年是与迷信分不开的。腊八粥、关东糖、除夕的饺子，都须先去供佛，而后人们再享用。除夕要接神；大年初二要祭财神，吃元宝汤（馄饨），而且有的人要到财神庙去借纸元宝，抢烧头股香。正月初八要给老人们顺星、祈寿。因此那时候最大的一笔浪费是买香蜡纸马的钱。现在，大家都不迷信了，也就省下这笔开销，用到有用的地方去。特别值得提到的是现在的儿童只快活地过年，而不受那迷信的熏染，他们只有快乐，而没有恐惧——怕神怕鬼。也许，现在过年没有以前那么热闹了，可是多么清醒健康呢。以前，人们过年是托神鬼的庇佑，现在是大家劳动终岁，大家也应当快乐地过节。

（原载 1951 年 1 月《新观察》第 2 卷第 2 期）

抬头见喜

对于时节，我向来不特别地注意。拿清明说吧，上坟烧纸不必非我去不可，又搭着不常住在家乡，所以每逢看见柳枝发青便晓得快到了清明，或者是已经过去。对重阳也是这样，生平没在九月九登过高，于是重阳和清明一样的没有多大作用。

端阳、中秋、新年，三个大节可不能这么马虎过去。即使我故意躲着它们，账条是不会忘记了我的。也奇怪，一个无名之辈，到了三节会有许多人惦记着，不但来信，送账条，而且要找上门来！

设若故意躲着借款，着急，设计自杀等，而专讲三节的热闹有趣那一面儿，我似乎是最喜爱中秋。"似乎"，因为我实在不敢说准了。幼年时，中秋必是个很可喜的节，要不然我怎么还记得清清楚楚那些"兔儿爷"的样子呢？有"兔儿爷"玩，这个节必是过得十二分有劲。可是从另一方面说，至少有三次喝醉是在中秋；酒入愁肠呀！所以说"似乎"最喜爱中秋。

事真凑巧，这三次"非杨贵妃式"的醉酒我还都记得很清楚。那么，就说上一说呀。第一次是在北平，我正住在翊教寺一家公寓里。好友卢嵩庵从柳泉居运来一坛子"竹叶青"。又约来两位朋友——内中有一位是不会喝的——大家就抄起茶碗来。坛子虽大，架不住茶碗一个劲进攻；月亮还没上来，坛子已空。干什么去呢？打牌玩吧。各拿出铜元百枚，约合大洋七角多，因这是古时候的事了。第一把牌将立起来，不晓得——至今还不晓得——我怎么上了床。牌必是没打成，因为我一睁眼已经红日东升了。

第二次是在天津，和朱荫棠在同福楼吃饭，各饮绿茵陈二两。吃完饭，到一家茶肆去品茗。我朝窗坐着，看见了一轮明月，我就吐了。这回绝不是酒的作用，毛病是在月亮。

第三次是在伦敦。那里的秋月是什么样子，我说不上来——也许根本没有月亮其物。中国工人俱乐部里有多人凑热闹，我和沈刚伯也去喝酒。我们俩喝了两瓶葡萄酒。酒是用葡萄还是葡萄叶儿酿的，不可得而知，反正价钱很便宜；我们俩自古至今总没做过财主。喝完，各自回寓所。一上公共汽车，我的脚忽然长了眼睛，专找别人的脚尖去踩。这回可不是月亮的毛病。

对于中秋，大致如此——无论如何也不能说它坏。就此打住。

至若端阳，似乎可有可无。粽子，不爱吃。城隍爷现在也不出巡；即使再出巡，大概也没有跟随着走几里路的兴趣。樱桃真是好东西，可惜被黑白桑葚给带累坏了。

新年最热闹，也最没劲，我对它老是冷淡的。自从一记事儿起，家中就似乎很穷。爆竹总是听别人放，我们自己是静寂无哗。记得最真的是家中一张《王羲之换鹅》图。每逢除夕，母亲必把它从一个神秘的地方找出来，挂在堂屋里。姑母就给说那个故事；到如今还不十分明白这故事到底有什么意思，只觉得"王羲之"三个字倒很响亮好听。后来入学，读了《兰亭序》，我告诉先生，王羲之是在我的家里。

长大了些，记得有一年的除夕，大概是光绪三十年前的一二年，母亲在院中接神，雪已下了一尺多厚。高香烧起，雪片由漆黑的空中落下，落到火光的圈里，非常白，紧接着飞到火苗的附近，舞出些金光，即行消灭；先下来的灭了，上面又紧跟着下来许多，像一把"太平花"倒放。我还记着这个。我也的确感觉到，那年的神仙一定是真由天上回到世间。

　　中学的时期是最忧郁的，四五个新年中只记得一个，最凄凉的一个。那是头一次改用阳历，旧历的除夕必须回学校去，不准请假。姑母刚死两个多月，她和我们同住了三十年的样子。她有时候很厉害，但大体上说，她很爱我。哥哥当差，不能回来。家中只剩母亲一人。我在四点多钟回到家中，母亲并没有把"王羲之"找出来。吃过晚饭，我不能不告诉母亲了——我还得回校。她愣了半天，没说什么。我慢慢地走出去，她跟着走到街门。摸着袋中的几个铜子，我不知道走了多少时候，才走到了学校。路上必是很热闹，可是我并没看见，我似乎失了感觉。到了学校，学监先生正在学监室门口站着。他先问我："回来了？"我行了个礼。他点了点头，笑着叫了我一声："你还回去吧。"这一笑，永远印在我心中。假如我将来死后能入天堂，我必把这一笑带给上帝去看。

我好像没走就又到了家，母亲正对着一支红烛坐着呢。她的泪不轻易落，她又慈善又刚强。见我回来了，她脸上有了笑容，拿出一个细草纸包儿来："给你买的杂拌儿，刚才一忙，也忘了给你。"母子好像有千言万语，只是没精神说。早早地就睡了。母亲也没精神。

中学毕业以后，新年，除了为还债着急，似乎已和我不发生关系。我在哪里，除夕便由我照管着哪里。别人都回家去过年，我老是早早关上门，在床上听着爆竹响。平日我也好吃个嘴儿，到了新年反倒想不起弄点什么吃，连酒也不喝。在爆竹稍静下些的时节，我老看见些过去的苦境。可是我既不落泪，也不狂歌，我只静静地躺着。躺着躺着，多咱烛光在壁上幻出一个"抬头见喜"，那就快睡去了。

原载 1934 年 1 月《良友画报》第 84 期

春　联

　　欢度春节，要贴春联。大红的纸，黑亮的字，分贴门旁，的确增加喜气。写的又都是赞美春天或鼓舞士气的话语，更非全无意义。这个形式为汉语所独有，一个字对一个字，不能此长彼短；两腿一样长，站得稳稳当当，看起来颇觉舒服。因此，编写春联也是练习文字运用之一道，起码要左右平衡，不许一只靴子一只鞋。

　　如此说来，练习一番便了。

　　第一联是说今年春节在月份牌上的特点：旧除夕正赶上立春，双重喜气，理当祝贺。联曰：

　　　　　　除夕立春同日双节

　　　　　　随时进步一刻千金

　　对仗虽不甚工，可是相信道出了迎春的心情。是的，春天即来，应当人人奋勇，个个争先，争取今年的工作成绩确比去年的更强。

　　第二联是写给我的儿女的：

　　　　　　劳逸妥安排健康多福

　　　　　　油盐休浪费勤俭持家

　　我愿意看到他们都干劲冲天，可也希望他们会劳逸结合，注意健康，以免进攻很猛，而后力不佳。他们都不爱乱花钱，下联所言，希望巩固下来，使勤俭持家成为家庭传统。

　　赠北京人民艺术剧院一联：

　　　　　　人民要好戏

　　　　　　艺术登高峰

　　既有此联，就须也给青年艺术剧院写一副，两家都是我的好友啊。

　　　　　　破浪乘风前途无量

降龙伏虎干劲冲天

这一联未免过猛一些，而又不许下小注，怎么办呢？对了，以"轻松愉快"当横批，不就行了吗？

赠诗人臧克家一联，已写好送去。其他各联，因没有时间研墨，无法写在红纸上。克家好学，为人豪爽，故曰：

学知不足

文如其人

最后，还得给自己写一联：

付出九牛二虎力

不作七拼八凑文

作文章最忌七拼八凑。欲免此弊，必须卖尽力气，不怕改了再改；实在无法再改，可是还不通畅，那就从头另写，甚至写好几回。我不能经常这样，有时候一忙，就勉强交卷，以后应当改正。

在我十来岁的时候，春节以前总去帮着塾师或大师哥在街上摆对子摊。我的任务是研墨和为他们拉着对子纸。他们都有一本对子本，里面分门别类，载有各样现成联语。他们照抄下来，分类存放。买春联的人只须说出要一副灶王对、一副大门对等，他们便一一拿将出来，说好价钱，完成交易。因此，那时候的胡同里，往往邻近的好几家门外都贴着"天增岁月人增寿，春满乾坤福满门"。至于灶王龛上，更是一致地贴着"上天言好事，下界保平安"。自从北京解放，大家贴的春联，多数是新编的，不事抄袭。这也是个进步。附带说说，证明不要厚古薄今。

载 1962 年 2 月 3 日《北京日报》

筷　子

　　我听说过这样的一个笑话：有一位欧洲人，从书本上得到一点关于中国的知识。他知道中国人吃饭用筷子。有人问他：怎样用筷子呢？他回答：一手拿一根。

　　这是个可以原谅的错误。想象根据着经验。以一手持刀、一手持叉的经验来想象用筷子的方法，岂不是合理的错误吗？

　　一点知识，最足误事。民族间的误会与冲突虽然有许多原因，可是彼此不相认识恐怕是重要的原因之一。筷子的问题并不很大，可是一手拿一根的说法，便近乎造谣。造谣就可以生事，而天下乱矣。据说：到今天为止，日本人还有相信中日之战是起于中国人乱杀日侨的呢。

还是以筷子来说吧。在一本西洋人写的关于中国的小说里有这么一段：一位西洋太太来到中国——当然是住在上海喽，她雇了一位中国厨师傅，没有三天，她把厨子辞掉了，因为他用筷子夹汤里的肉来尝着！在这里，筷子成了肮脏、野蛮的象征。

筷子多么冤枉！人类的不求相知，不肯相知，筷子受了侮辱。

自然，天下还有许多比筷子大着许多倍的事。可痛心的是天下有许多人知道这些事！牛羊知道的事很少，所以它们会被一个小儿牵着进屠场中。看吧，希特勒与墨索里尼曾把多少"人"赶到屠场去呀！

因此，我想，文化的宣传才是真正的建设的宣传，因为它会使人互相了解，互相尊敬，而后能互相帮忙。不由文化入手，而只为目前的某人某事作宣传，那就恐怕又落个一手拿一根筷子吧。

载 1943 年 3 月 18 日《前锋副刊》第 67 期

开市大吉

　　我、老王和老邱，凑了点钱，开了个小医院。老王的夫人做护士主任，她本是由看护而高升为医生太太的。老邱的岳父是庶务兼会计。我和老王是这么打算好，假如老丈人报花账或是携款潜逃的话，我们俩就揍老邱；合着老邱是老丈人的保证金。我和老王是一党，老邱是我们后约的，我们俩总得防备他一下。办什么事，不拘多少人，总得分个党派，留个心眼。不然，看着便不大像回事儿。加上王太太，我们是三个打一个，假如必须打老邱的话。老丈人自然是帮助老邱喽，可是他年岁大了，有王太太一个人就可把他的胡子扯净了。老邱的本事可真是不错，不说屈心的话。他是专门割痔疮，手术非常的漂亮，所以请他合作。不过他要是找揍的话，我们也不便太厚道了。

我治内科，老王治花柳，老邱专门治痔漏兼外科，王太太是看护士主任兼产科，合着我们一共有四科。我们内科，老老实实地讲，是地道二五八。一分钱一分货，我们的内科收费可少呢。要敲是敲花柳与痔疮，老王和老邱是我们的希望。我和王太太不过是配搭，她就根本不是大夫，对于生产的经验她有一些，因为她自己生过两个小孩。至于接生的手术，反正我太太绝不叫她接生。可是我们得设产科，产科是最有利的。只要顺顺当当地产下来，至少也得住十天半月的；稀粥烂饭地对付着，住一天拿一天的钱。要是不顺顺当当地生产呢，那看事做事，临时再想主意。活人还能叫尿憋死？

我们开了张。"大众医院"四个字在大小报纸已登了一个半月。名字起得好——办什么赚钱的事儿，在这个年月，就是别忘了"大众"。不赚大众的钱，赚谁的？这不是真情实理吗？自然在广告上我们没这么说，因为大众不爱听实话的；我们说的是："为大众而牺牲，为同胞谋幸福。一切科学化，一切平民化，沟通中西医术，打破阶级思想。"真花了不少广告费，本钱是得下一些的。把大众招来以后，再慢慢收拾他们。专就广告上看，谁也不知道我们的医院有多么大。院图是三层大楼，那是借用近邻转运公司的相片，我们一共只有六间平房。

我们开张了。门诊施诊一个星期，人来得不少，还真是"大众"，我挑着那稍像点样子的都给了点各色的苏打水，不管害的是什么病。这样，延迟过一星期好正式收费呀；那真正老号的大众就干脆连苏打水也不给，我告诉他们回家洗洗脸再来，一脸的滋泥，吃药也是白搭。

忙了一天，晚上我们开了紧急会议，专替大众不行啊，得设法找"二众"。我们都后悔了，不该叫"大众医院"。有大众而没贵族，由哪儿发财去？医院不是煤油公司啊，早知道还不如干脆叫"贵族医院"呢。老邱把刀子沾了多少回消毒水，一个割痔疮的也没来！长痔疮的阔佬谁能上"大众医院"来割？

老王出了主意：明天包一辆能驶的汽车，我们轮流地跑几趟，把二姥姥接来也好，把三舅母装来也行。一到门口看护赶紧往里搀，接上这么三四十趟，四邻的人们当然得佩服我们。

我们都很佩服老王。

"再赁几辆不能驶的。"老王接着说。

"干吗？"我问。

"和汽车行商量借给咱们几辆正在修理的车，在医院门口放一天。一会儿叫咕嘟一阵。上咱们这儿看病的人老听外面咕嘟咕嘟地响，不知道咱们又来了多少坐汽车的。外面的人呢，老看着咱们的门口有一队汽车，还不唬住？"

我们照计而行，第二天把亲戚们接了来，给他们碗茶喝，又给送走。两个女看护是见一个搀一个，出来进去，一天没住脚。那几辆不能活动而能咕嘟的车天一亮就运来了，五分钟一阵，轮流地咕嘟，刚一出太阳就围上一群小孩。我们给汽车队照了个像，托人给登晚报。老邱的丈人作了篇八股，形容汽车往来的盛况。当天晚上我们都没能吃饭，车咕嘟得太厉害了，大家都有点头晕。

不能不佩服老王，第三天刚一开门，汽车，进来位军官。老王急于出去迎接，忘了屋门是那么矮，头上碰了个大包。花柳；老王顾不得头上的包了，脸笑得一朵玫瑰似的，似乎再碰它七八个包也没大关系。三言五语，卖了一针六〇六。我们的两位女看护给军官解开制服，然后四只白手扶着他的胳臂，王太太过来先用小胖食指在针穴轻轻点了两下，然后老王才给用针。军官不知道东西南北了，看着看护一个劲儿说："得劲！得劲！得劲！"我在旁边说了话，再给他一针。老邱也是福至心灵，早预备好了——香片茶加了点盐。老王叫看护扶着军官的胳臂，王太太又过来用小胖食指点了点，一针香片下去了。军官还说得劲，老王这回是自动地又给了他一针龙井。我们的医院里吃茶是讲究的，老是香片龙井两着沏。两针茶，一针六〇六，我们收了他二十五块钱。本来应当是十元一针，因为三针，减收五元。我们告诉他还得接着来，有十次管保除根。反正我们有的是茶，我心里说。

把钱交了，军官还舍不得走，老王和我开始跟他瞎扯，我就夸奖他的不瞒着病——有花柳，赶快治，到我们这里来治，准保没危险。花柳是伟人病，正大光明，有病就治，几针六〇六，完了，什么事也没有。就怕像铺子里的小伙计，或是中学的学生，得了病藏藏掩掩，偷偷地去找老虎大夫，或是袖口来袖口去买私药——广告专贴在公共厕所里，非糟不可。军官非常赞同我的话，告诉我他已上过二十多次医院。不过哪一回也没有这一回舒服。我没往下接茬儿。

老王接过去，花柳根本就不算病，自要勤扎点六〇六。军官非常赞同老王的话，并且有事实为证——他老是不等完全好了便又接着去逛；反正再扎几针就是了。老王非常赞同军官的话，并且愿拉个主顾，军官要是长期扎针的话，他愿减收一半茇费：五块钱一针。包月也行，一月一百块钱，不论扎多少针。军官非常赞同这个主意，可是每次得照着今天的样子办，我们都没言语，可是笑着点了点头。

军官汽车刚开走，迎头来了一辆，四个丫鬟搀下一位太太来。一下车，五张嘴一齐问：有特别房没有？我推开一个丫鬟，轻轻地托住太太的手腕，搀到小院中。我指着转运公司的楼房说："那边的特别室都住满了。您还算得凑巧，这里——我指着我们的几间小房说——还有两间头等房，您暂时将就一下吧。其实这两间比楼上还舒服，省得楼上楼下地跑，是不是，老太太？"

老太太的第一句话就叫我心中开了一朵花："唉，这还像个大夫——病人不为舒服，上医院来干吗？东生医院那群大夫，简直不是人！”

“老太太，您上过东生医院？”我非常惊异地问。

“刚由那里来，那群王八羔子！”

乘着她骂东生医院——凭良心说，这是我们这里最大最好的医院——我把她搀到小屋里，我知道，我要是不引着她骂东生医院，她绝不会住这间小屋，“您在那儿住了几天？”我问。

“两天，两天就差点要了我的命！”老太太坐在小床上。

我直用腿顶着床沿，我们的病床都好，就是上了点年纪，爱倒。“怎么上那儿去了呢？”我的嘴不敢闲着，不然，老太太一定会注意到我的腿的。

“别提了！一提就气我个倒仰——你看，大夫，我害的是胃病，他们不给我东西吃！”老太太的泪直要落下来。

“不给您东西吃？”我的眼都瞪圆了，“有胃病不给东西吃？蒙古大夫！就凭您这个年纪？老太太您有八十了吧？”

老太太的泪立刻收回去许多，微微地笑着：“还小呢。刚五十八岁。”

"和我的母亲同岁，她也是有时候害胃口痛！"我抹了抹眼睛，"老太太，您就在这儿住吧，我准把那点病治好了。这个病全仗着好保养，想吃什么就吃：吃下去，心里一舒服，病就减去几分，是不是，老太太？"

老太太的泪又回来了，这回是因为感激我。"大夫，你看，我专爱吃点硬的，他们偏叫我喝粥，这不是故意气我吗？"

"您的牙口好，正应当吃口硬的呀！"我郑重地说。

"我是一会儿一饿，他们非到时候不准我吃！"

"糊涂东西们！"

"半夜里我刚睡好，他们把小玻璃棍放在我嘴里，试什么度。"

"不知好歹！"

"我要便盆，那些看护说，等一等，大夫就来，等大夫查过病再说！"

"该死的玩意儿！"

"我刚挣扎着坐起来，看护说，躺下。"

"讨厌的东西！"

我和老太太越说越投缘，就是我们的屋子再小一点，大概她也不走了。爽性我也不再用腿顶着床了，即使床倒了，她也能原谅。

　　"你们这里也有看护呀？"老太太问。

　　"有，可是没关系，"我笑着说。"您不是带来四个丫鬟吗？叫她们也都住院就结了。您自己的人当然伺候得周到；我干脆不叫看护们过来，好不好？"

　　"那敢情好啦，有地方呀？"老太太好像有点过意不去了。

　　"有地方，您干脆包了这个小院吧。四个丫鬟之外，不妨再叫个厨子来，您爱吃什么吃什么。我只算您一个人的钱，丫鬟厨子都白住，就算您五十块钱一天。"

　　老太太叹了口气："钱多少的没有关系，就这么办吧。春香，你回家去把厨子叫来，告诉他就手儿带两只鸭子来。"

　　我后悔了：怎么才要五十块钱呢？真想抽自己一顿嘴巴！幸而我没说药费在内；好吧，在药费上找齐儿就是了；反正看这个来派，这位老太太至少有一个儿子当过师长。况且，她要是天天吃火烧夹烤鸭，大概不会三五天就出院，事情也得往长里看。

医院很有个样子了：四个丫鬟穿梭似的跑出跑入，厨师傅在院中墙根砌起一座炉灶，好像是要办喜事似的。我们也不客气，老太太的果子随便拿起就尝，全鸭子也吃它几块。始终就没人想起给她看病，因为注意力全用在看她买来什么好吃食。

老王和我总算开了张，老邱可有点挂不住了。他手里老拿着刀子。我都直躲他，恐怕他拿我试试手。老王直劝他不要着急，可是他太好胜，非也给医院弄个几十块不甘心。我佩服他这种精神。

吃过午饭，来了！割痔疮的！四十多岁，胖胖的，肚子很大。王太太以为他是来生小孩，后来看清他是男性，才把他让给老邱。老邱的眼睛都红了。三言五语，老邱的刀子便下去了。四十多岁的小胖子痛得直叫唤，央告老邱用点麻药。老邱可有了话：

"咱们没讲下用麻药哇！用也行，外加十块钱。用不用？快着！"

小胖子连头也没敢摇。老邱给他上了麻药。又是一刀，又停住了："我说，你这可有管子，刚才咱们可没讲下割管子。还往下割不割？往下割的话，外加三十块钱。不的话，这就算完了。"

我在一旁，暗伸大指，真有老邱的！拿住了往下敲，是个办法！

四十多岁的小胖子没有驳回，我算计着他也不能驳回。老邱的手术漂亮，话也说得脆，一边割管子一边宣传："我告诉你，这点事儿值得你二百块钱；不过，我们不敲人；治好了只求你给传传名。赶明天你有工夫的时候，不妨来看看。我这些家伙用四万五千倍的显微镜照，照不出半点微生物！"

小胖子一声也没出，也许是气糊涂了。

老邱又弄了五十块。当天晚上我们打了点酒，托老太太的厨子给做了几样菜。菜的材料多一半是利用老太太的。一边吃一边讨论我们的事业，我们决定添设打胎和戒烟。老王主张暗中宣传检查身体，凡是要考学校或保寿险的，哪怕已经做下寿衣，预备下棺材，我们也把体格表填写得好好的；只要交五元的检查费就行。这一案也没费事就通过了。老邱的老丈人最后建议，我们匀出几块钱，自己挂块匾。老人出老办法。可是总算有心爱护我们的医院，我们也就没反对。老丈人已把匾文拟好——仁心仁术。陈腐一点，不过也还恰当。我们议决，第二天早晨由老丈人上早市去找块旧匾。王太太说，把匾油饰好，等门口有过娶妇的，借着人家的乐队吹打的时候，我们就挂匾。到底妇女的心细，老王特别显着骄傲。

落　花　生

　　我是个谦卑的人。但是，口袋里装上四个铜板的落花生，一边走一边吃，我开始觉得比秦始皇还骄傲。假若有人问我："你要是做了皇上，你怎么享受呢？"简直不必思索，我就答得出："派四个大臣拿着两块钱的铜子，爱买多少花生吃就买多少！"

　　什么东西都有个幸与不幸。不知道为什么瓜子比花生的名气大。你说，凭良心说，瓜子有什么吃头？它夹你的舌头，塞你的牙，激起你的怒气——因为一咬就碎；就是幸而没碎，也不过是那么小小的一片，不解饿，没味道，劳民伤财，布尔乔亚！你看落花生：大大方方的，浅白麻子，细腰，曲线美。这还只是看外貌。弄开看：一胎儿两个或者三个粉红的胖小子。脱去粉红的衫儿，象牙色的豆瓣一对对地抱着，上边儿还结着吻。那个光滑，那个水灵，那个香喷喷的，碰到牙上那个干松酥软！白嘴吃也好，就酒喝也好，放在舌上当槟榔含着也好。写文章的时候，三四个花生可以代替一支香烟，而且有益无损。

种类还多呢：大花生，小花生，大花生米，小花生米，糖饯的，炒的，煮的，炸的，各有各的风味，而且都好吃。下雨阴天，煮上些小花生，放点盐；来四两玫瑰露；够作好几首诗的。瓜子可给诗的灵感：冬夜，早早地躺在被窝里，看着《水浒》，枕旁放着些花生米；花生米的香味，在舌上，在鼻尖；被窝里的暖气，武松打虎……这便是天国！冬天在路上，刮着冷风，或下着雪，袋里有些花生使你心中有了主儿；掏出一个来，剥了，慌忙往口中送，闭着嘴嚼，风或雪立刻不那么厉害了。况且，一个二十岁以上的人肯神仙似的，无忧无虑的，随随便便的，在街上一边走一边吃花生，这个人将来要是做了宰相或度支部尚书，他是不会有官僚气与贪财的。他若是做了皇上，必是朴俭温和直爽天真的一位皇上，没错。吃瓜子的照例不在街上走着吃，所以我不给他保这个险。

至于家中要是有小孩儿，花生简直比什么也重要。不但可以吃，而且能拿它们玩。夹在耳唇上当环子，几个小姑娘就能办很大的一回喜事。小男孩若找不着玻璃球儿，花生也可以当弹儿。玩法还多着呢。玩了之后，剥开再吃，也还不脏。两个大子儿的花生可以玩半天；给他们些瓜子试试。

论样子，论味道，栗子其实满有势派儿。可是它没有落花生那点家常的"自己"劲儿。栗子跟人没有交情，仿佛是。核桃也不行，榛子就更显着疏远。落花生在哪里都有人缘，自天子以至庶人都跟它是朋友；这不容易。

在英国，花生叫作"猴豆"——Monkey nuts。人们到动物园去才带上一包，去喂猴子。花生在这个国里真不算很光荣，可是我亲眼看见去喂猴子的人——小孩就更不用提了——偷偷地也往自己口中送这猴豆。花生和苹果好像一样的有点魔力，假如你知道苹果的典故；我这儿确是用着典故。

美国吃花生的不限于猴子。我记得有位美国姑娘，在到中国来的时候，把几只皮箱的空处都填满了花生，大概凑起来总够十来斤吧，怕是到中国吃不着这种宝物。美国姑娘都这样重看花生，可见它确是有价值；按照哥伦比亚的哲学博士的辩证法看，这当然没有误儿。

花生大概还跟婚礼有点关系，一时我可想不起来是怎么个办法了；不是新娘子在轿里吃花生，不是；反正是什么什么春吧——你可晓得这个典故？其实花轿里真放上一包花生米，新娘子未必不一边落泪一边嚼着。

载 1935 年 1 月 20 日《漫画生活》第 5 期

生　日

　　常住在北方，每年年尾祭灶王的糖瓜一上市，朋友们就想到我的生日。即使我自己想马虎一下，他们也会兴高采烈地送些酒来："一年一次的事呀，大家喝几杯！"祭灶的爆竹声响，也就借来作为对个人又增长一岁的庆祝。

　　今年可不同了：连自幼同学而现在住在重庆的朋友们，也忘记了这回事，因为街上看不到糖瓜呀。我自己呢，当然不愿为这点小事去宣传一番；桌上虽有海戈兄前两天送来的一瓶家酿橘酒，也不肯独酌。这不是吃酒的时候！

　　从早晨一睁眼，我就盘算：今天决不吃酒。可是，应当休息一天：这几天虽然没能写出什么文章来，但乱七八糟的事也使身体觉出相当的疲累。一年一次的事呀，还不休息休息？

休息吗？几乎没这个习惯。手一闲起来，就五脊六兽地难过。于是，先写封家信吧；用不着推敲字句，而又不致手不摸笔，办法甚妥。

家信非常地难写，多少多少的心腹话，要说给最亲爱的人；可是，暴敌到处检查信件；书信稍长一些，即使挑不出毛病，也有被焚化了的危险——鬼子多疑，又不肯多破费工夫；烧了省事。好吧，写短一些吧。短，有什么写头儿呢？我搁下了笔。想起妻与儿女，想起沦陷区域的惨状……

又拿起笔来，赶快又放下，我能直道出抗战必胜的实情，去安慰家人吗？啊，国还未亡，已没了写信的自由！真猜不透那些以屈服为和平的人们长着怎样一副心肝！

由这个就想到接出家眷的问题。朋友们善意的相劝，已非一次：把她们接来吧！可是，路费从何而来呢？是的，才几百块钱的事罢了，还至于……哼，几百块钱就足以要了一个穷写家的命！

"难道你就没有版税？"友人们惊异地问。

没有。商务的是交由文学社转发，文学社在哪儿？谁负责？不知道。良友的书早已被抢一空。开明有通知，暂停版税，容日补发。人间书屋刚移到广州，而广州弃守，书籍丢个干净……从前年七七到现在，只收到生活的十块来钱！

没钱办不了事，而钱又极难与写家结缘，我不明白为什么有许多人总以为作家可羡慕。

家信不写也罢。

噢，也许作家的清贫值得羡慕。可是，我并没看见有谁因羡慕清贫而少吃一次冠生园！

家信既不写，又不能空过这一天，好，还是写文章吧。这穷人的生日，只好在纸墨中过了吧。

写了几句，心中太乱。家、国、文艺、穷、病……没法使思想集中。求稿子的人惯说："好歹给凑凑，哪怕是一两千字呢！好吧，明天下午来取！"仿佛作家不准有感情与心事，而只须一动开关，像电灯似的，就笔下生辉？

明天还有许多事呢：一个讲演，一家朋友结婚，约友人谈鼓词的写法，还要去看一位朋友……那么，今天还是非写出一点来不可；明天终日不得空闲。

我知道，这该到头痛的时候了。果然，头从脑子那溜儿起了一道热纹，大概比电灯里的细丝还细上多少倍。然后，脑中空了一块，而太阳穴上似乎要裂开些缝子。

出去转转吧？正落着毛毛雨。睡一会儿？宿舍里吵得要命。

怕笔尖干了，连连蘸墨。写几个字，抹了；再写，再抹；看一会儿桌头上小儿女照片，想象着她们怎样念叨："爸的生日，今天！"而后，再写，再抹……

写家的生活里并没有诗意呀，头痛是自献的寿礼！

载 1939 年 4 月《弹花》第 2 卷第 5 期

割盲肠记

　　六月初来北碚，和赵清阁先生合写剧本——《桃李春风》。剧本草成，"热气团"就来了，本想回渝，因怕遇暑而止。过午，室中热至百另三四度，乃早五时起床，抓凉儿写小说。原拟写个中篇，约四万字。可是，越写越长，至九月中已得八万余字。秋老虎虽然还很厉害，可是早晚到底有些凉意，遂决定在双十节前后赶出全篇，以便在十月中旬回渝。

　　有什么样的环境，才有什么样的神经过敏。因为巴蜀"摆子"猖狂，所以我才身上一冷，便马上吃奎宁。同样地，朋友们有许多患盲肠炎的，所以我也就老觉得难免一刀之苦。

在九月末旬，我的右胯与肚脐之间的那块地方，开始有点发硬；用手摸，那里有一条小肉岗儿。"坏了！"我自己放了警报："盲肠炎！"赶紧告诉了朋友们，即使是谎报，多骗取他们一点同情也怪有意思！

朋友们的回答几乎是一致的——神经过敏！我申说部位是对的，并且量给他们看，怎奈他们还不信。我只好以自己的医学知识丰富自慰，别无办法。

过了两天，肚中的硬结依然存在。并且做了个割盲肠的梦！把梦形容给萧伯青兄。他说：恐怕是下意识的警告！第二天夜里，一夜没睡好，硬的地方开始一窝一窝地痛，就好像猛一直腰，把肠子或别处扯动了那样。一定是盲肠炎了！我静候着发烧、呕吐和上断头台！可是，使我很失望，我并没有发烧，也没有呕吐！到底是怎回事呢？

十月四日，我去找赵清阁先生。她得过此病，一定能确切地指示我。她说，顶好去看看医生。她领我上了江苏医学院的附属医院。很巧，外科刘主任（玄三）正在院里。他马上给我检查。

"是！"刘主任说。

"暂时还不要紧吧？"我问。我想写完了小说和预支了一些稿费的剧本，再来受一刀之苦。

"不忙！慢性的！"刘主任真诚而和蔼地说。他永远真诚，所以绰号人称刘好人。

我高兴了。并非为可以缓期受刑，而是为可以先写完小说与剧本；文艺第一，盲肠次之！

可是，当我告辞的时候，刘主任把我叫住："看看白血球吧！"

一位穿白褂子的青年给我刺了"耳朵眼"。验血。结果！一万好几百！刘主任吸了口气："马上割吧！"我的胸中恶心了一阵，头上出了凉汗。我不怕开刀，可是小说与剧本都急待写成啊！特别是那个剧本，我已预支了三千元的稿费！同时，在顷刻之间，我又想到：白血球既然很多，想必不妙，为何等着发烧呕吐等苦楚来到再受一刀之苦呢？一天不割，便带着一天的心病，何不从早解决呢？

"几时割？"我问。心中很闹得慌，像要吐的样子。

"今天下午！"

随着刘主任，我去交了费，定了房间。

没有吃午饭。托青兄给买了一双新布鞋，因为旧的一双的底子已经有很大的窟窿。心里说：穿新鞋子入医院，也许更能振作一些。

下午一时。自己提着布袋，去找赵先生。二时，她送我入院——她和大夫护士们都熟识。

房间很窄，颇像个棺材。可是，我的心中倒很平静，顺口答音地和大家说笑，护士们来给我打针敷消毒药，腰间围了宽布。诸事齐备，我轻轻地走入手术室，穿着新鞋。

屈着身。吴医生给我的脊梁上打了麻醉针。不很痛。护士长是德州的护士学校毕业的。她还认识我：在她毕业的时候，我正在德州讲演。这已是十年前的事了。她低声地说："舒先生，不怕啊！"我没有怕，我信任西医；况且割盲肠是个小手术。朋友们——老向、萧伯青、萧亦五、清阁、李佩珍……——都在窗外"偷"看呢，我更得挣扎着点！

下部全麻了。刘主任进来。吱——腹上还微微觉到痛。"痛啊！"我报告了一声。"不要紧！"刘主任回答。腹里捣开了乱，我猜想：刘主任的手大概是伸进去了。我不再出声。心中什么也不想。我以为这样老实地受刑，盲肠必会因受感动而也许自动地跳出来。

不过，盲肠到底是"盲肠"，不受感动！麻醉的劲儿朝上走，好像用手推着我的胃；胃部烧得非常地难过，使我再也不能忍耐。吐了两口。"胃里烧得难过呀！"我喊出来。"忍着点！马上就完！"刘主任说。我又忍着，我听得见刘主任的声音："擦汗！""小肠！""放进去！""拿钩子！""摘眼镜！"……我心里说："坏了！找不到！"我问了："找到没有？"刘主任低切地回答："马上找到！不要出声！"

窗外的朋友们比我还着急："坏了！莫非盲肠已经烂掉？"

我机械地，一会儿一问："找到没有？"而得到的回答只是："莫出声！"

苦了刘主任与助手们，室内没有电灯。两位先生立在小凳上，打着电棒。夹伤口的先生们，正如打电棒的始终不能休息片刻。整整一个钟头！

一个钟头了，盲肠还未露面！

我的鼻子上来了点怪味。大概是吴医生的声音:"数一二三四!"我数了好几个一二三四,声音相当地响亮。末了,口中一噎,就像刮大风在城门洞中喝了一大口风似的我睡过去,生命成了空白。

睁开眼,我恍惚地记得梁实秋先生和伯青兄在屋中呢。其实屋中有好几位朋友,可是我似乎没有看见他们。在这以前,据朋友们告诉我,我已经出过声音,我自己一点也不记得。我的第一声是高声地喊王抗——老向的小男孩。也许是在似醒非醒之中,我看见王抗翻动我的纸笔吧,所以我大声地呼叱他;我完全记不得了。第二次出声是说了一串中学时的同学的外号:老向、范烧饼、闪电手、电话西局……弄得大家都莫名其妙。生命在这时候是一片云雾,在记忆中飘来飘去,偶然地露出一两个星星。

再睁眼,我看见刘主任坐在床沿上。我记得问他:"找到没有?割了吗?"这两个问题,在好几个钟头以内始终在我的口中,因为我只记得全身麻醉以前的事。

我忘了我是在病房里,我以为我是在伯青的屋中呢。我问他:

"为什么我躺在这儿呢？这里多么窄小啊！"经他解释一番，我才想起我是入了医院。生命中有一段空白，也怪有趣！

一会儿，我清醒；一会儿又昏迷过去。生命像春潮似的一进一退。清醒了，我就问："找到了吗？割去了吗？"

口中的味道像刚喝过一加仑汽油，出气的时候，心中舒服；吸气的时候，觉得昏昏沉沉。生命好像悬在这一呼一吸之间。

胃里作烧，脊梁酸痛，右腿不能动，因打过了一瓶盐水。不好受。我急躁，想要跳起来。苦痛而外，又有一种渺茫之感，比苦痛还难受。不管是清醒，还是昏迷着，我老觉得身上丢失了一点东西。猛孤丁地，我用手去摸。像摸钱袋或要物在身边没有那样。摸不到什么，我于失望中想起：噢，我丢失的是一块病。可是，这并不能给我安慰，好像即使是病也不该遗失；生命是全的，丢掉一根毫毛也不行！这时候，自怜与自叹控制住我自己，我觉得生命上有了伤痕，有了亏损！已经一天没吃东西；现在，连开水也不准喝一口——怕引起呕吐而震动伤口。我并不觉得怎样饥渴。胃中与脊梁上难过比饥渴更厉害，可是也还挣扎去忍受。真正恼人的倒是那点渺茫之感。我没想到死，也没盼祷赶快痊愈，我甚至于忘记了赶写小说那回事。我只是飘飘摇摇地感到不安！假若他们把割下的盲肠摆在我的面前，我也许就可以捉到一点什么而安心去睡觉。他们没有这样做。我呢，就把握不到任何实际的东西，而惶惑不安。我失去了自信，不知道自己是干什么呢！因此我烦躁，发脾气，苦了看守我的朋友！

老向、璧如、伯青、齐致贤、席微膺诸兄轮流守夜；李佩珍小姐和萧亦五兄白天亦陪伴。我不知道怎样感激他们才好！医院中的护士不够用，饭食很苦，所以非有人招呼我不可。

体温最高的时候只到三十八度，万幸！虽然如此，我的唇上的皮还干裂得脱落下来，眼底有块青点，很像四眼狗。

最难过的是最初的三天。时间，在苦痛里，是最忍心的；多慢哪！每一分钟都比一天还长！到第四天，一切都换了样子；我又回到真实的世界上来，不再悬挂在梦里。

本应当十天可以出院，可是住了十六天，缝伤口的线粗了一些，不能完全消化在皮肉里；没有成脓，但是汪儿黄水。刘主任把那节不愿永远跟随着我的线抽了出来，腹上张着个小嘴。

直到这小嘴完全干结我才出院。

神经过敏也有它的好处。假若我不"听见风就是雨",而不去检查,一旦爆发,我也许要受很大很大的苦楚。我的盲肠部位不对。不知是何原因,它没在原处,而跑到脐的附近去,所以急得刘主任出了好几身大汗。假若等到它化了脓再割,岂不很危险?我感谢医生们和朋友们,我似乎也觉得感谢自己的神经过敏!引为遗憾的也有二事:(一)赵清阁先生与我合写的《桃李春风》在渝上演,我未能去看。(二)家眷来渝,我也未能去迎接。我极想看到自己的妻与儿女,可是一度神经过敏教我永远不会粗心大意,我不敢冒险!

载 1944 年 3 月《经纬》第 2 卷第 4 期

四位先生

吴组缃先生的猪

从青木关到歌乐山一带，在我所认识的文友中要算吴组缃先生最为阔绰。他养着一口小花猪。据说，这小动物的身价，值六百元。

每次我去访组缃先生，必附带地向小花猪致敬，因为我与组缃先生核计过了：假若他与我共同登广告卖身，大概也不会有人出六百元来买！

有一天，我又到吴宅去。给小江——组缃先生的少爷——

买了几个比醋还酸的桃子。拿着点东西，好搭讪着骗顿饭吃，否则就太不好意思了。一进门，我看见吴太太的脸比晚日还红。我心里一想，便想到了小花猪。假若小花猪丢了，或是出了别的毛病，组缃先生的阔绰便马上不存在了！一打听，果然是为了小花猪：它已绝食一天了。我很着急，急中生智，主张给它点奎宁吃，恐怕是打摆子。大家都不赞同我的主张。我又建议把它抱到床上盖上被子睡一觉，出点汗也许就好了；焉知道不是感冒呢？这年月的猪比人还娇贵呀！大家还是不赞成。后来，把猪医生请来了。我颇兴奋，要看看猪怎么吃药。猪医生把一些草药包在竹筒的大厚皮儿里，使小花猪横衔着，两头向后束在脖子上：这样，药味与药汁便慢慢走入里边去。把药包儿束好，小花猪的口中好像生了两个翅膀，倒并不难看。

虽然吴宅有此骚动，我还是在那里吃了午饭——自然稍微地有点不得劲儿！

过了两天，我又去看小花猪——这回是专程探病，绝不为看别人；我知道现在猪的价值有多大——小花猪口中已无那个药包，而且也吃点东西了。大家都很高兴，我就又就棍打腿地骗了顿饭吃，并且提出声明：到冬天，得分给我几斤腊肉。组缃先生与太太没加任何考虑便答应了。吴太太说："几斤？十斤也行！想想看，那天它要是一病不起……"大家听罢，都出了冷汗！

马宗融先生的时间观念

马宗融先生的表大概是、我想是一个装饰品。无论约他开会，还是吃饭，他总迟到一个多钟头，他的表并不慢。

来重庆，他多半是住在白象街的作家书屋。有的说也罢，没的说也罢，他总要谈到夜里两三点钟。假若不是别人都困得不出一声了，他还想不起上床去。有人陪着他谈，他能一直坐到第二天夜里两点钟。表、月亮、太阳，都不能引起他注意到时间。

比如说吧，下午三点他须到观音岩去开会，到两点半他还毫无动静。"宗融兄，不是三点有会吗？该走了吧？"有人这样提醒他，他马上去戴上帽子，提起那有茶碗口粗的木棒，向外走。

"七点吃饭。早回来呀！"大家告诉他。他回答声"一定回来"，便匆匆地走出去。

到三点的时候，你若出去，你会看见马宗融先生在门口与一位老太婆，或是两个小学生，谈话儿呢！即使不是这样，他在五点以前也不会走到观音岩。路上每遇到一位熟人，便要谈，至少有十分钟的话。若遇上打架吵嘴的，他得过去解劝，还许把别人劝开，而他与另一位劝架的打起来！遇上某处起火，他得帮着去救。有人追赶扒手，他必然得加入，非捉到不可。看见某种新东西，他得过去问问价钱，不管买与不买。看到戏报子，马上他去借电话，问还有票没有……这样，他从白象街到观音岩，可以走一天，幸而他记得开会那件事，所以只走两三个钟头，到了开会的地方，即使大家已经散了会，他也得坐两点钟，他跟谁都谈得来，都谈得有趣，很亲切，很细腻。有人刚买一条绳子，他马上拿过来练习跳绳——五十岁了啊！

七点，他想起来回白象街吃饭，归路上，又照样地劝架、救火、追贼、问物价、打电话……至早，他在八点半左右走到目的地。满头大汗，三步当作两步走的。他走了进来，饭早已开过了。

所以，我们与友人定约会的时候，若说随便什么时间，早晨也好，晚上也好，反正我一天不出门，你哪时来也可以，我们便说"马宗融的时间吧"！

姚蓬子先生的砚台

作家书屋是个神秘的地方，不信你交到那里一份文稿，而三五日后再亲自去索回，你就必定不说我扯谎了。

进到书屋，十之八九你找不到书屋的主人——姚蓬子先生。他不定在哪里藏着呢。他的被褥是稿子，他的枕头是稿子，他的桌上、椅上、窗台上……全是稿子。简单地说吧，他被稿子埋起来了。当你要稿子的时候，你可以看见一个奇迹。假如说尊稿是十张纸写的吧，书屋主人会由枕头底下翻出两张，由裤袋里掏出三张，书架里找出两张，窗子上揭下一张，还欠两张。你别忙，他会由老鼠洞里拉出那两张，一点也不少。

单说蓬子先生的那块砚台，也足够惊人了！那是块无法形容的石砚。不圆不方，有许多角儿，有任何角度。有一点沿儿，豁口甚多，底子最奇，四周翘起，中间的一点凸出，如元宝之背，它会像陀螺似的在桌子上乱转，还会一头高一头低地倾斜，如浪中之船。我老以为孙悟空就是由这块石头跳出去的！

到磨墨的时候，它会由桌子这一端滚到那一端，而且响如快跑的马车。我每晚十时必就寝，而对门儿书屋的主人要办事办到天亮。从十时到天亮，他至少有十次，一次比一次响——到夜最静的时候，大概连南岸都感到一点震动。从我到白象街起，我没做过一个好梦，刚一入梦，砚台来了一阵雷雨，梦为之断。在夏天，砚一响，我就起来拿臭虫。冬天可就不好办，只好咳嗽几声，使之闻之。

现在，我已交给作家书屋一本书，等到出版，我必定破费几十元，送给书屋主人一块平底的、不出声的砚台！

何容先生的戒烟

首先要声明：这里所说的烟是香烟，不是鸦片。

从武汉到重庆，我老同何容先生在一间屋子里，一直到前年八月间。在武汉的时候，我们都吸"大前门"或"使馆"牌；小大"英"似乎都不够味儿。到了重庆，小大"英"似乎变了质，越来越"够"味儿了，"前门"与"使馆"倒仿佛没了什么意思。慢慢地，"刀"牌与"哈德门"又变成我们的朋友，而与小大"英"，不管是谁的主动吧，好像冷淡得日悬一日，不久，"刀"牌与"哈德门"又与我们发生了意见，差不多要绝交的样子。何容先生就决心戒烟！

在他戒烟之前，我已声明过："先上吊，后戒烟！"本来嘛，"弃妇抛雏"地流亡在外，吃不敢进大三元，喝嘛也不过是清一色（黄酒贵，只好吃点白干），女友不敢去交，男友一律是穷光蛋，住是两人一室，睡是臭虫满床，再不吸两支香烟，还活着干吗？可是，一看何容先生戒烟，我到底受了感动，既觉自己无勇，又钦佩他的伟大；所以，他在屋里，我几乎不敢动手取烟，以免动摇他的坚决！

何容先生那天睡了十六个钟头，一支烟没吸！醒来，已是黄昏，他便独自走出去。我没敢陪他出去，怕不留神递给他一支烟，破了戒！掌灯之后，他回来了，满面红光，含着笑，从口袋中掏出一包土产卷烟来。"你尝尝这个，"他客气地让我，"才一个铜板一支！有这个，似乎就不必戒烟了！没有必要！"把烟接过来，我没敢说什么，怕伤了他的尊严。面对面的，把烟燃上，我俩细细地欣赏。头一口就惊人，冒的是黄烟，我以为他误把爆竹买来了！听了一会儿，还好，并没有爆炸，就放胆继续地吸。吸了不到四五口，我看见蚊子都争着向外边飞，我很高兴。既吸烟，又驱蚊，太可贵了！再吸几口之后，墙上又发现了臭虫，大概也要搬家，我更高兴了！吸到了半支，何容先生与我也跑出去了，他低声地说："看样子，还得戒烟！"

何容先生二次戒烟，有半天之久。当天的下午，他买来了烟斗与烟叶。"几毛钱的烟叶，够吃三四天的，何必一定戒烟呢！"他说。吸了几天的烟斗，他发现了：（一）不便携带；（二）不用力，抽不到；用力，烟油射在舌头上；（三）费洋火；（四）须天天收拾，麻烦！有此四弊，他就戒烟斗，而又吸上香烟了。"始作卷烟者，其无后乎！"他说。

最近两年，何容先生不知戒了多少次烟了，而指头上始终是黄的。

（原载 1942 年 6 月 22、23、24、25 日《新民报晚刊》）

有声电影

　　二姐还没有看过有声电影。可是她已经有了一种理论。在没看见以前，先来一套说法，不独二姐如此，有许多伟人也是这样；此之谓"知之为知之，不知为知之"也。她以为有声电影便是电机嗒嗒之声特别响亮而已。要不然便是当电人——二姐管银幕上的英雄美人叫电人——互相巨吻的时候，台下鼓掌特别发狂，以成其"有声"。她确信这个，所以根本不想去看。本来她对电影就不大热心，每当电人巨吻，她总是用手遮上眼的。

　　但据说有声电影是有说有笑而且有歌。她起初还不相信，可是各方面的报告都是这样，她才想开开眼。

二姥姥等也没开过此眼，而二姐又恰巧打牌赢了钱，于是大请客。二姥姥、三舅妈、四姨、小秃、小顺、四狗子，都在被请之列。

二姥姥是天一黑就睡，所以绝不能去看夜场；大家决定午时出发，看午后两点半那一场。看电影本是为开心解闷，所以十二点动身也就行了。要是上车站接个人什么的，二姐总是早去七八小时的。那年二姐夫上天津，二姐在三天前就催他到车站去，恐怕临时找不到座位。

早动身可不见得必定早到，要不怎么越早越好呢。说是十二点走哇，到了十二点三刻谁也没动身。二姥姥找眼镜找了一刻来钟；确是不容易找，因为眼镜在她自己腰里戴着呢。跟着就是三舅妈找纽子，翻了四只箱子也没找到，结果是换了件衣裳。四狗子洗脸又洗了一刻多钟，这还总算顺当；往常一个脸得至少洗四十多分钟，还得有门外的巡警给帮忙。

出发了。走到巷口，一点名，小秃没影了。大家折回家里，找了半点多钟，没找着。大家决定不看电影了，找小秃是更重要的。把新衣裳全脱了，分头去找小秃。正在这个当儿，小秃回来了；原来他是跑在前面，而折回来找她们。好吧，再穿好衣裳走吧，巷外有的是洋车，反正耽误不了。

二姥姥给车价还按着现洋换一百二十个铜子时的规矩，多一个不要。这几年了，她不大出门，所以老觉得烧饼卖三个大铜子一个不是件事实，而是大家欺骗她。现在拉车的三毛两毛向她要，也不是车价高了，是欺侮她年老走不动。她偏要走一个给他们瞧瞧。这一挂劲可有些"憧憬"：她确是有志向前迈步，不过脚是向前向后，连她自己也不准知道。四姨倒是能走，可惜为看电影特意换上高底鞋，似乎非扶着点什么不敢抬脚。她假装过去搀着二姥姥，其实是为自己找个靠头。不过大家看得很清楚，要是跌倒的话，这二位一定是一齐倒下。四狗子和小秃急得直打蹦。

总算不离，三点一刻到了电影院。电影已经开映。这当然是电影院不对：难道不晓得二姥姥今天来吗？二姐实在觉得有骂一顿街的必要，可是没骂出来，她有时候也很能"文明"一气。

既来之，则安之，打了票。一进门，小顺便不干了，怕黑，黑的地方有红眼鬼，无论如何也不能进去。二姥姥一看里面黑洞洞，以为天已经黑了，想起来睡觉的舒服；她主张带小顺回家。要是不为二姥姥，二姐还想不起请客呢。谁不知道二姥姥已经是土埋了半截的人，不看回有声电影，将来见阎王的时候要是盘问这一层呢？大家开了家庭会议。不行，二姥姥是不能走的。至于小顺，好办，买几块糖好了。吃糖自然便看不见红眼鬼了。事情便这样解决了。四姨挽着二姥姥，三舅妈拉着小顺，二姐招呼着小秃和四狗子。前呼后应，在暗中摸索，虽然有看座的过来招待，可是大家各自为政地找座儿，忽前忽后，忽左忽右，离而复散，分而复合，主张不一，而又愿坐在一块儿。直落得二姐口干舌燥，二姥姥连喘带嗽，四狗子咆哮如雷，看座的满头是汗。观众们全忘了看电影，一齐恶声的"嘘——"，但是压不下去二姐的指挥口令。二姐在公共场所说话特别响亮，要不怎样是"外场"人呢。

　　直到看座的电棒中的电已使净，大家才一狠心找到了座。不过，还不能这么马马虎虎地坐下。大家总不能忘了谦恭呀，况且是在公共场所。二姥姥年高有德，当然往里坐。可是二姥姥当着四姨怎肯倚老卖老，四姨是姑奶奶呀；而二姐又是姐姐兼主人；而三舅妈到底是媳妇，而小顺子等是孩子；一部伦理从何处说起？大家打架似的推让，甚至把前后左右的观众都感化得直喊叫老天爷。好容易大家觉得让的已够上相当的程度，一齐坐下。可是小顺的糖还没有买呢！二姐喊卖糖的，真喊得有劲，连卖票的都进来了，以为是卖糖的杀了人。

糖买过了，二姥姥想起一桩大事——还没咳嗽呢。二姥姥一阵咳嗽，惹起二姐的孝心，与四姨三舅妈说起二姥姥的后事来。老人家像二姥姥这样的，是不怕儿女当面讲论自己的后事，而且乐意参加些意见，如"别的都是小事，我就是要个金九连环。也别忘了糊一对童儿"！这一说起来，还有完吗？一桩套着一桩，一件连着一件，说也奇怪，越是在戏馆电影场里，家事越显着复杂。大家刚说到热闹的地方，忽，电灯亮了，人们全往外走。二姐喊卖瓜子的：说起家务要不吃瓜子便不够派儿。看座的过来了："这场完了，晚场八点才开呢。"

大家只好走吧。一直到二姥姥睡了觉，二姐才想起问三舅妈："有声电影到底怎么说来着？"三舅妈想了想："管它呢，反正我没听见。"还是四姨细心，她说她看见一个洋鬼子吸烟，还从鼻子里冒烟呢。"电影是怎样做的，多么巧妙哇，鼻子冒烟，和真的一样，你就说。"大家都赞叹不已。

载 1933 年 11 月《论语》第 29 期

我的几个房东

　　初到伦敦，经艾温士教授介绍，住在了离"城"有十多英里的一个人家里。房主人是两位老姑娘。大姑娘有点傻气，腿上常闹湿气，所以身心都不大有用。家务统由妹妹操持，她勤苦诚实，且受过相当的教育。

　　她们的父亲是开面包房的，死后，把面包房给了儿子，给二女一人一处小房子。她们卖出一所，把钱存在银行生息。其余的一所，就由她们合住。妹妹本可以去做，也真做过，家庭教师。可是因为姐姐需人照管，所以不出去做事，而把楼上的两间屋子租给单身的男人，进些租金。这给妹妹许多工作，她得给大家做早餐晚饭，得上街买东西，得收拾房间，得给大家洗小衣裳，得记账。这些，已足使任何一个女子累得喘不过气来。可是她于这些工作外，还得答复朋友的信，读一两段《圣经》和做些针线。

她这种勤苦忠诚，倒还不是我所佩服的。我真佩服她那点独立的精神。她的哥开着面包房，到圣诞节才送给妹妹一块大鸡蛋糕！她决不去求他的帮助，就是对那一块大鸡蛋糕，她也马上还礼，送给她哥一点有用的小物件。当我快回国时去看她，她的背已很弯，发也有些白的了。

自然，这种独立的精神是由资本主义的社会制度逼出来的，可是，我到底不能不佩服她。

在她那里住过一冬，我搬到伦敦的西部去。这回是与一个叫艾支顿的合租一层楼。所以事实上我所要说的是这个艾支顿——称他为二房东都勉强一些——不是真正的房东。我与他一气在那里住了三年。

这个人的父亲是牧师，他自己可不信宗教。当他很年轻的时候，他和一个女子由家中逃出来，在伦敦结了婚，生了三四个小孩。他相当聪明,好读书。专就文字方面上说,他会拉丁文、希腊文、德文、法文,程度都不坏。英文,他写得非常的漂亮。他做过一两本讲教育的书,即使内容上不怎样,他的文字之美是公认的事实。我愿意同他住在一处,差不多是为学些地道好英文。在大战时,他去投军。因为心脏弱,报不上名。他硬挤了进去。见到了军官,凭他的谈吐与学识,自然不会被叉去帐外。一来二去,他升到中校,差不多等于中国的旅长了。

战后,他拿了一笔不小的遣散费,回到伦敦,重整旧业,他又去教书。为充实学识,还到过维也纳听弗洛伊德的心理学。后来就在牛津的补习学校教书。这个学校是为工人们预备的,有点像国内的暑期学校,不过目的不在补习升学的功课。做这种学校的教员,自然没有什么地位,可是实利上并不坏:一年只做半年的事,薪水也并不很低。这个,大概是他的"黄金时代"。以身份言,中校;以学识言,有著作;以生活言,有个清闲舒服的事情。

也正是在这个时候,他和一位美国女子发生了恋爱。她出自名家,有硕士的学位。来伦敦游玩,遇上了他。她的学识正好补足他的，她是学经济的；他在补习学校演讲关于经济的问题，她就给他预备稿子。

他的夫人告了。离婚案刚一提到法庭，补习学校便免了他的职。这种案子在牛津与剑桥还是闹不得的！离婚案成立，他得到自由，但须按月供给夫人一些钱。

在我遇到他的时候，他正极狼狈。自己没有事，除了夫妇的花销，还得供给原配。幸而硕士找到了事，两份儿家都由她支持着。他空有学问，找不到事。可是两家的感情渐渐地改善，两位夫人见了面，他每月给第一位夫人送钱也是亲自去，他的女儿也肯来找他。这个，可救不了穷。穷，他还很会花钱。做过几年军官，他挥霍惯了。钱一到他手里便不会老实。他爱买书，爱吸好烟，有时候还得喝一盅。我在东方学院见了他，他到那里学华语；不知他怎么弄到手里几镑钱，便出了这个主意。见到我，他说彼此交换知识，我多教他些中文，他教我些英文，岂不甚好？为学习的方便，顶好是住在一处，假若我出房钱，他就供给我饭食。我点了头，他便找了房。

艾支顿夫人真可怜。她早晨起来，便得做好早饭。吃完，她急忙去做工，拼命地追公共汽车；永远不等车站稳就跳上去，有时把腿碰得紫里蒿青。五点下工，又得给我们做晚饭。她的烹调本事不算高明，我俩一有点不爱吃的表示，她便立刻泪在眼眶里转。有时候，艾支顿卖了一本旧书或一张画，手中摸着点钱，笑着请我们出去吃一顿。有时候我看她太疲乏了，就请他俩吃顿中国饭。在这种时节，她喜欢得像小孩子似的。

他的朋友多数和他的情形差不多。我还记得几位：有一位是个年轻的工人，谈吐很好，可是时常失业，一点也不是他的错儿，怎奈工厂时开时闭。他自然的是个社会主义者，每逢来看艾支顿，他俩便粗着脖子红着脸地争辩。艾支顿也很有口才，不过与其说他是为政治主张而争辩，还不如说是为争辩而争辩。还有一位小老头也常来，他顶可爱。德文、意大利文、西班牙文，他都能读能写能讲，但是找不到事做；闲着没事，他只为一家瓷砖厂吆喝买卖，拿一点扣头。另一位老者，常上我们这一带来给人家擦玻璃，也是我们的朋友。这个老头是位博士。赶上我们在家，他便一边擦着玻璃，一边和我们讨论文学与哲学。孔子的哲学，泰戈尔的诗，他都读过，不用说西方的作家了。

只提这么三位吧，他们使我感到工商资本主义的社会的崩溃与罪恶。他们都有知识，有能力，可是被那个社会制度捆住了手，使他们抓不到面包。成千论万的人是这样，而且有远不及他们三个的！找个事情真比登天还难！

　　艾支顿一直闲了三年。我们那层楼的租约是三年为限。住满了，房东要加租，我们就分离开，因为再找那样便宜和恰好够三个人住的房子，是大不容易的。虽然不在一块儿住了，可是还时常见面。艾支顿只要手里有够看电影的钱，便立刻打电话请我去看电影。即使一个礼拜，他的手中彻底地空空如也，他也会约我到家里去吃一顿饭。自然，我去的时候也老给他们买些东西。这一点上，他不像普通的英国人，他好请朋友，也很坦然地接受朋友的约请与馈赠。有许多地方，他都带出点浪漫劲儿，但他到底是个英国人，不能完全放弃绅士的气派。

　　直到我回国的时际，他才找到了事——在一家大书局里做顾问，荐举大陆上与美国的书籍，经书局核准，他再找人去翻译或——若是美国的书——出英国版。我离开英国后，听说他已被那个书局聘为编辑员。

离开他们夫妇，我住了半年的公寓，不便细说；房东与房客除了交租金时见一面，没有一点别的关系。在公寓里，晚饭得出去吃，既费钱，又麻烦，所以我又去找房间。这回是在伦敦南部找到一间房子，房东是老夫妇，带着个女儿。

　　这个老头儿——达尔曼先生——是干什么的，至今我还不清楚。一来我只在那儿住了半年，二来英国人不喜欢谈私事，三来达尔曼先生不爱说话，所以我始终没得机会打听。偶尔由老夫妇谈话中听到一两句，仿佛他是木器行的，专给人家设计做家具。他身边常带着尺。但是我不敢说肯定的话。

　　半年的工夫，我听熟了他三段话——他不大爱说话，但是一高兴就离不开这三段，像留声机片似的，永远不改。第一段是贵族巴来，由非洲弄来的钻石，一小铁筒一小铁筒的！每一块上都有个记号！第二段是他做过两次陪审员，非常地光荣！第三段是大战时，一个伤兵没能给一个军官行礼，被军官打了一拳。及至看明了那是个伤兵，军官跑得比兔子还快；不然的话，非教街上的人给打死不可！

　　除了这三段而外，假若他还有什么说的，便是重述《晨报》

上的消息与意见。凡是《晨报》所说的都对！

这个老头儿是地道英国的小市民，有房，有点积蓄，勤苦，干净，什么也不知道，只晓得自己的工作是神圣的，英国人是世界上最好的人。

达尔曼太太是女性的达尔曼太太，她的意见不但得自《晨报》，而且是由达尔曼先生口中念出的那几段《晨报》，她没工夫自己去看报。

达尔曼姑娘只看《晨报》上的广告。有一回，或者是因为看我老拿着本书，她向我借一本小说。我随手给了她一本威尔思的幽默故事。念了一段，她的脸都气紫了！我赶紧出去在报摊上给她找了本六个便士的罗曼司，内容大概是一个女招待嫁了个男招待，后来才发现这个男招待是位伯爵的承继人。这本小书使她对我又有了笑脸。

她没事做，所以在分类广告上登了一小段广告——教授跳舞。她的技术如何，我不晓得，不过她声明愿减收半费教给我的时候，我没出声。把知识变成金钱，是她和一切小市民的格言。

她有点苦闷，没有男朋友约她出去玩耍，往往吃完晚饭便假装头痛，跑到楼上去睡觉。婚姻问题在那经济不景气的国度里，真是个没法办的问题。我看她恐怕要窝在家里！"房东太太的女儿"往往成为留学生的夫人，这是留什么外史一类小说的好材料；其实，里面的意义并不止是留学生的荒唐呀。

（原载 1936 年 12 月《西风》第 4 期）

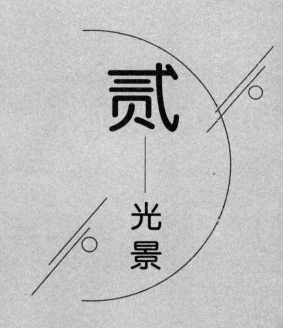

貳 —— 光景

旅　行

　　老舍把早饭吃完了，还不知道到底吃的是什么；要不是老辛往他（老舍）脑袋上浇了半罐子凉水，也许他在饭厅里就又睡起觉来！老辛是外交家，衣裳穿得讲究，脸上刮得油汪汪地发亮，嘴里说着一半英国话，一半中国话，和音乐有同样的抑扬顿挫。外交家总是喜欢占点便宜的，老辛也是如此：吃面包的时候擦双份儿黄油，而且是不等别人动手，先擦好五块面包放在自己的碟子里。老方——是个候补科学家——的举动和老舍老辛又不同了：眼睛盯着老辛擦剩下的那一小块黄油，嘴里慢慢地嚼着一点面包皮，想着黄油的成分和制造法，设若黄油里的水分是一点〇七？设若搁上〇点六七的盐？……他还没想完，老辛很轻巧地用刀尖把那块黄油又叉走了。

吃完早饭，老舍主张先去睡个觉，然后再说别的。老辛老方全不赞成，逼着他去收拾东西，好赶九点四十五的火车。老舍没法儿，只好揉眼睛，把七零八碎的都放在小箱子里，而且把昨天买的三个苹果——本来是一个人一个——全偷偷地放在自己的袋子里，预备到没人的地方自己享受。

东西收拾好，会了旅馆的账，三个人跑到车站，买了票，上了车；真巧，刚上了车，车就开了。车一开，老舍手按着袋子里的苹果，又闭上眼了，老辛老方点着了烟卷儿，开始辩论：老辛本着外交家的眼光，说昨天不该住在巴兹，应该一气儿由伦敦到不离死兔，然后由不离死兔回到巴兹来；这么办，至少也省几个先令，而且叫人家看着有旅行的经验。老方呢，哼儿哈儿的支应着老辛，不错眼珠儿地看着手表，计算火车的速度。

火车到了不离死兔，两个人把老舍推醒，就手儿把老舍袋子里的苹果全掏出去。老辛拿去两个大的，把那个小的赏给老方；老方顿时站在站台上想起牛顿看苹果的故事来了。

出了车站，老辛打算先找好旅店，把东西放下，然后再逛。老方主张先到大学里去看一位化学教授，然后再找旅馆。两个人全有充分的理由，谁也不肯让谁，老辛越说先去找旅馆好，老方越说非先去见化学教授不可。越说越说不到一块儿，越说越不贴题，结果，老辛把老方叫作"科学牛"，老方骂老辛是"外交狗"，骂完还是没办法，两个人一齐向老舍说：

"你说！该怎么办？！说！"

老舍打了个哈欠，揉了揉眼睛，擦了擦鼻子，有气无力地说：

"附近就有旅馆，拍拍脑袋算一个，找着哪个就算哪个。找着了旅馆，放下东西，老方就赶紧去看大学教授。看完大学教授赶快回来，咱们就一块儿去逛。老方没回来以前，老辛可以到街上转个圈子，我呢，来个小盹儿，你们看怎么样？"

老辛老方全笑了，老辛取消了老方的"科学牛"，老方也撤回了"外交狗"；并且一齐夸奖老舍真聪明，差不多有成"睡仙"的希望。

一拐过火车站，老方的眼睛快（因为戴着眼镜），看见一户人家的门上挂着"有屋子出租"，他没等和别人商量，一直走上前去。他还没走到那家的门口，一位没头发没牙的老太婆从窗子缝里把鼻子伸出老远，向他说："对不起！"

老方火儿啦！还没过去问她，怎么就拒绝呀！黄脸人就这么不值钱吗！老方向来不大爱生气的，也轻易不谈国事的；被老太婆这么一气，他可真恼啦！差不多非过去打她两个嘴巴才解气！老辛笑着过来了：

"老方打算省钱不行呀！人家老太婆不肯要你这黄脸鬼！还是听我的去找旅馆！"

老方没言语，看了老辛一眼；跟着老辛去找旅馆。老舍在后面随着，一步一个哈欠，恨不能躺在街上就睡！

找着了旅馆，价钱贵一点，可是收中国人就算不错。老辛放下小箱就出去了，老方雇了一辆汽车去上大学，老舍躺在屋里就睡。

老辛老方都回来了，把老舍推醒了，商议到哪里去玩。老辛打算先到海岸去，老方想先到查得去看古洞里的玉笋钟乳和别的与科学有关的东西。老舍没主意，还是一劲儿说困。

"你看，"老辛说，"先到海岸去洗个澡，然后回来逛不离死兔附近的地方，逛完吃饭，吃完一睡——"

"对！"老舍听见这个"睡"字高兴多了。

"明天再到查得去不好吗？"老辛接着说，眼睛一闭一闭地看着老方。

"海岸上有什么可看的！"老方发了言，"一片沙子，一片水，一群姑娘露着腿逗弄人，还有什么？"

"古洞有什么可看，"老辛提出抗议，"一片石头，一群人在黑洞里鬼头鬼脑地乱撞！"

"洞里的石笋最小的还要四千年才能结成，你懂得什么——"

老辛没等老方说完，就插嘴：

"海岸上的姑娘最老的也不过二十五岁，你懂得什么——"

"古洞里可以看地层的——"

"海岸上可以吸新鲜空气——"

"古洞里可以——"

"海岸上可以——"

两个人越说越乱，谁也不听谁的，谁也听不见谁的。嚷了一阵，两个全向着老舍来了：

"你说，听你的！别再耽误工夫！"

老舍一看老辛的眼睛，心里说：要是不赞成上海岸，他非把我活埋了不可！又一看老方的神气：哼，不跟着他上古洞，今儿个晚上非叫他给解剖了不可！他揉了揉眼睛说：

"你们所争执的不过是时间先后的问题——"

"外交家所要争的就是'先后'！"老辛说。

"时间与空间——"

老舍没等老方把时间与空间的定义说出来，赶紧说：

"这么着，先到外面去看一看，有到海岸去的车呢，便先上海岸；有到查得的车呢，便先到古洞去。我没一定的主张，而且去不去不要紧；你们要是分头去也好，我一个人在这里睡一觉，比什么都平安！"

"你出来就为睡觉吗？"老辛问。

"睡多了于身体有害！"老方说。

"到底怎么办？"老舍问。

"出去看有车没有吧！"老辛拿定了主意。

"是火车还是汽车？"老方问。

"不拘。"老舍回答。

三个人先到了火车站，到海岸的车刚开走了，还有两次车，可都是下午四点以后的。于是又跑到汽车站，到查得的汽车票全卖完了，有一家还有几张票，一看是三个中国人成心不卖给他们。

"怎么办？"老方问。

老辛没言语。

"回去睡觉哇！"老舍笑了。

载 1929 年 3 月《留英学报》第 3 期

更大一些的想象

要领略济南的美，根本须有些诗人的态度。那就是说：你须客气一点，把不美之点放在一旁，而把湖山的秀丽轻妙地放在想象里浸润着；这也许是看风景而不至于失望的普通原则。反之，你没有这诗意的体谅，而一个萝卜一个坑地去逛大明湖、趵突泉等，先不用说别的，单是人们口中的葱味、路上吱吱扭扭小车子的轮声与裹着大红袜带的小脚娘们，要不使你想悬梁自尽，那真算万幸。单听济南人说话，谁也梦想不到它有那么美、那么甜、那么清凉的泉水；而济南泉水的甜美清凉却是事实，你不能因济南话难听而否认这上帝的恩赐。好吧，你随我来吧，假如你要对济南下公平的判断，一个公平的判断，永不会使济南损失一点点的光荣。

比如你先跟我上大明湖的北极阁吧，一路之上（不论是由何处动身），请你什么也不看不听，假如你不愿闭上眼与堵上耳，你至少应当决定：不使路上的丑恶影响到最终的判断。你还要毕诚毕敬地默想着，你是去看个地上的仙境。

到了，看！先别看你脚下的湖；请看南边的山。看那腰中深绿，而头上淡黄的千佛山；看后面那个塔，只是那么一根黑棍儿似的，可是似乎把那一群小山和那片蓝而含着金光的天空连成一体，它好像表现着群山的向上的精神。再往西看，一串小山都像带着不同的绿色往西走呢。远处，只见天边上一些蓝的曲线，随着你的眼力与日光的强弱，忽隐忽现，使你轻叹一声：山，伟大图画中的诗料。到北极阁后面来看，还有山呢，那老得连棵树也懒得长的历山，那孤立不倚的华山，都是不太高不太矮，正合适做个都城的小绿围屏；济南在这一点上像意大利的芙劳那思。你看到这几乎形成一个圆圈的小山，你开始，无疑的，爱济南了。这群小山不像南京的山那样可怕，不像北平的西山北山那样荒伟地在远处默立，这些小山"就"在济南围墙的外边，它们对济南有种亲切的感情，可以使你想到它们也许愿到城里来看看朋友们。不然，它们为什么总向城里探着头看呢。

．　看完了山，请你默想一会儿：山是不错，但是只有山，不能使济南风景像江南吧；水可是不易有的，在中国的北方这么想罢，请看大明湖吧。自然现在的湖已成了许多水沟，使你大失所望。我知道，所以我不请你坐小船去游湖，那些名胜，什么历下亭咧、铁公祠咧，都没有什么可看；那些小船既不美，又不贱，而且最恼人的是不划不摇不用篙支不用纤拉，而以一根大棍硬"挺"的驶船方法。这些咱们全不去试验，我只请你设想：设若湖上没有那些蒲田泥坝，这湖的面积该有多大？设若湖上全种着莲花四围界以杨柳，是不是一种诗境？这不是不可能的；本来这湖是个"湖"，而是被人工做成了许多"水沟"；上帝给济南一些小山，也给它一个大湖，人工胜天，生把一个湖改成沟，这是因穷而忘了美的结果，不是自然的过错。

　　城在山下湖在城中。这是不是一个美女似的城市？你再看，或者说再想，那城墙假如都拆去，而在城河的岸边，杨柳荫中修上平坦的马路，这是不是个仙境？看那护城河的水，绿，静，明，洁，似乎是向你说：你看看我多么甜美！那水藻，一年四季老是那么绿，没有法形容，因为它们似乎是暗示出上帝心中的"绿"便是这样的绿。河岸上，柳荫下假如有些美于济南妇女的浣纱女儿，穿着白衫或红袄，像些团大花似的，看着自己的倒影，一边洗一边唱？

　　这是看风景呢，还是做梦呢？一点也不是幻想；假如这座城在一个比中国人争气的民族手里，这个梦大概久已是事实了。我决不愿济南被别人管领；我希望中国人应当有比编几副对联或作几首诗（连大明湖上的游船都有很漂亮的对联，可惜没有湖！）更大一些的想象。我请你想象，因为只有想象才足以揭露出济南的本来面目。济南本来是极美的，可被人们给糟蹋了。

载 1932 年 5 月《华年》第 1 卷第 4 期

春来忆广州

　　我爱花。因气候、水土等关系，在北京养花，颇为不易。冬天冷，院里无法摆花，只好都搬到屋里来。每到冬季，我的屋里总是花比人多。形势逼人！屋中养花，有如笼中养鸟，即使用心调护，也养不出个样子来。除非特建花室，实在无法解决问题。我的小院里，又无隙地可建花室！

　　一看到屋中那些半病的花草，我就立刻想起美丽的广州来。去年春节后，我不是到广州住了一个月吗？哎呀，真是了不起的好地方！人极热情，花似乎也热情！大街小巷，院里墙头，百花齐放，欢迎客人，真是"交友看花在广州"啊！

在广州，对着我的屋门便是一株象牙红，高与楼齐，盛开着一丛丛红艳夺目的花儿，而且经常有些很小的小鸟，钻进那朱红的小"象牙"里，如蜂采蜜。真美！只要一有空儿，我便坐在阶前，看那些花与小鸟。在家里，我也有一棵象牙红，可是高不及三尺，而且是种在盆子里。它入秋即放假休息，入冬便睡大觉，且久久不醒，直到端阳前后，它才开几朵先天不足的小花，绝对没有那种秀气的小鸟做伴！现在，它正在屋角打盹，也许跟我一样，正想念它的故乡广东吧？

春天到来，我的花草还是不易安排：早些移出去吧，怕风霜侵犯；不搬出去吧，又都发出细条嫩叶，很不健康。这种细条子不会长出花来。看着真令人焦心！

好容易盼到夏天，花盆都运至院中，可还不完全顺利。院小，不透风，许多花儿便生了病。特别是由南方来的那些，如白玉兰、栀子、茉莉、小金橘、茶花……也不怎么就叶落枝枯，悄悄死去。因此，我打定主意，在买来这些比较娇贵的花儿之时，就认为它们不能长寿，尽到我的心，而又不做幻想，以免枯死的时候落泪伤神。同时，也多种些叫它死也不肯死的花草，如夹竹桃之类，以期老有些花儿看。

夏天，北京的阳光过暴，而且不下雨则已，一下就是倾盆倒海而来，势不可当，也不利于花草的生长。

秋天较好。可是忽然一阵冷风，无法预防，娇嫩些的花儿就受了重伤。于是，全家动员，七手八脚，往屋里搬呀！各屋里都挤满了花盆，人们出来进去都须留神，以免绊倒！

真羡慕广州的朋友们，院里院外，四季有花，而且是多么出色的花呀！白玉兰高达数丈，杆子比我的腰还粗！英雄气概的木棉，昂首天外，开满大红花，何等气势！就连普通的花儿，四季海棠与绣球什么的，也特别壮实，叶茂花繁，花小而气魄不小！看，在冬天，窗外还有结实累累的木瓜呀！真没法儿比！一想起花木，也就更想念朋友们！朋友们，快作几首诗来吧，你们的环境是充满了诗意的呀！

春节到了，朋友们，祝你们花好月圆人长寿，新春愉快，工作胜利！

载 1963 年 1 月 25 日《羊城晚报》

可爱的成都

到成都来，这是第四次。第一次是在四年前，住了五六天，参观全城的大概。第二次是在三年前，我随同西北慰劳团北征，路过此处，故仅留两日。第三次是慰劳归来，在此小住，留四日，见到不少的老朋友。这次——第四次——是受冯焕章先生之约，去游灌县与青城山，由山上下来，顺便在成都玩几天。

成都是个可爱的地方。对于我，它特别地可爱，因为：

（一）我是北平人，而成都有许多与北平相似之处，稍稍使我减去些乡思。到抗战胜利后，我想，我总会再来一次，多住些时候，写一部以成都为背景的小说。在我的心中，此地方好像也都很像人似的，有个性格。我不喜上海，因为我抓不住它的性格，说不清它到底是怎么一回事。我不能与我所不明白的人交朋友，也不能描写我所不明白的地方。对成都，真的，我知道的事情太少了；但是，我相信会借它的光儿写出一点东西来。我似乎已看到了它的灵魂，因为它与北平相似。

（二）我有许多老友在成都。有朋友的地方就是好地方。这诚然是个人的偏见，可是恐怕谁也免不了这样去想吧。况且成都的本身已经是可爱的呢。八年前，我曾在齐鲁大学教过书。七七抗战后，我又由青岛移回济南，仍住齐大。我由济南流亡出来，我的妻小还留在齐大，住了一年多。齐大在济南的校舍现在已被敌人完全占据，我的朋友们的一切书籍器物已被劫一空，那么，今天又能在成都会见共患难的老友，是何等快乐呢！衣物、器具、书籍，丢失了，有什么关系！我们还有命，还能各守岗位地去忍苦抗敌，这就值得共进一杯酒了！抗战前，我在山东大学也教过书。这次，在华西坝，无意中也遇到几位山大的老友，"惊喜欲狂"一点也不是过火的形容。一个人的生命，我以为，是一半儿活在朋友中的。假若这句话没有什么错误，我便不能不"因人及地"地喜爱成都了。啊，这里还有几十位文艺界的友人呢！与我的年纪差不多的，如郭子杰、叶圣陶、陈翔鹤诸先生，握手的时节，不知为何，不由得就彼此先看看头发——都有不少根白的了，比我年纪轻一点的呢，虽然头发不露痕迹，可是也都显着瘦削，霜鬓瘦脸本是应该引起悲愁的事，但是，为了抗战而受苦，为了气节而不肯折腰，瘦弱衰老不是很自然的结果吗？这真是悲喜俱来，另有一番滋味了！

（三）我爱成都，因为它有手有口。先说手，我不爱古玩，第一因为不懂，第二因为没有钱。我不爱洋玩意儿，第一因为它们洋气十足，第二因为没有美金。虽不爱古玩与洋东西，但是我喜爱现代的手造的相当美好的小东西。假若我们今天还能制造一些美好的物件，便是表示了我们民族的爱美性与创造力仍然存在，并不逊于古人。中华民族在雕刻、图画、建筑、制铜、造瓷……上都有特殊的天才。这种天才在造几张纸、制两块墨砚、打一张桌子、漆一两个小盒上都随时地表现出来。美的心灵使他们的手巧。我们不应随便丢失了这颗心。因此，我爱现代的手造的美好的东西。北平有许多这样的好东西，如地毯、珐琅、玩具……但是北平还没有成都这样多。成都还存着我们民族的巧手。我绝对不是反对机械，而只是说，我们在大的工业上必须采取西洋方法，在小工业上则须保存我们的手。谁知道这二者有无协调的可能呢？不过，我想，人类文化的明日，恐怕不是家家造大炮，户户有坦克车，而是要以真理代替武力，以善美代替横暴。果然如此，我们便应想一想是否该把我们的心灵也机械化了吧？次说口：成都人多数健谈。文化高的地方都如此，因为"有"话可讲。但是，这且不在话下。

这次，我听到了川剧、扬琴与竹琴。川剧的复杂与细腻，在重庆时我已领略了一点。到成都，我才听到真好的川剧。很佩服贾佩之、萧楷成、周企何诸先生的口。我的耳朵不十分笨，连昆曲——听过几次之后——都能哼出一半句来。可是，已经听过许多次川剧，我依然一句也哼不出。它太复杂，在牌子上，在音域上，恐怕它比任何中国的歌剧都复杂好多。我希望能用心地去学几句。假若我能哼上几句川剧来，我想，大概就可以不怕学不会任何别的歌唱了。竹琴本很简单，但在贾树三的口中，它变成极难唱的东西。他不轻易放过一个字去，他用气控制着情，他用"抑"逼出"放"，他由细嗓转到粗嗓而没有痕迹。我很希望成都的口也和它的手一样，能保存下来。我们不应拒绝新的音乐，可也不应把旧的扫灭。恐怕新旧相通，才能产生新的而又是民族的东西来吧。

还有许多话要说，但是很怕越说越没有道理，前边所说的那一点恐怕已经是糊涂话啊！且就这机会谢谢侯宝璋先生给我在他的客室里安了行军床，吴先忧先生领我去看戏与扬琴，"文协"分会会员的招待与朋友们的赏酒饭吃！

原载 1942 年 9 月 23 日《中央日报》

青蓉略记

　　今年八月初，陈家桥一带的土井已都干得滴水皆无。要水，须到小河沟里去"挖"。天既奇暑，又没水喝，不免有些着慌了。很想上缙云山去"避难"，可是据说山上也缺水。正在这样计无从出的时候，冯焕章先生来约同去灌县与青城。这真是福自天来了！

　　八月九日晨出发。同行者还有赖亚力与王冶秋二先生，都是老友，路上颇不寂寞。在来凤驿遇见一阵暴雨，把行李打湿了一点，临行买了一张席子遮在车上。打过尖，雨已晴，一路平安地到了内江。内江比二三年前热闹得多了，银行和饭馆都添增了许多家。傍晚，街上挤满了人和车。次晨七时又出发，在简阳吃午饭。下午四时便到了成都。天热，又因明晨即赴灌县，所以没有出去游玩，夜间下了一阵雨。

十一日早六时向灌县出发，车行甚缓，因为路上有许多小桥。路的两旁都有浅渠，流着清水；渠旁便是稻田；田埂上往往种着薏米，一穗穗地垂着绿珠。往西望，可以看见雪山。近处的山峰碧绿，远处的山峰雪白，在晨光下，绿的变为明翠，白的略带些玫瑰色，使人想一下子飞到那高远的地方去。还不到八时，便到了灌县。城不大，而处处是水，像一位身小而多乳的母亲，滋养着川西坝子的十好几县。住在任觉五先生的家中。孤零零的一所小洋房，两面都是雪浪激流的河，把房子围住，门前终日几乎没有一个行人，除了水声也没有别的声音。门外有些静静的稻田，稻子都有一人来高。远望便见到大面青城诸山，都是绿的。院中有一小盆兰花，时时放出香味。

青年团正在此举行夏令营，一共有千名以上的男女学生，所以街上特别地显着风光。学生和职员都穿汗衫短裤（女的穿短裙），赤脚着草鞋，背负大草帽，非常地精神。张文白将军与易君左先生都来看我们，也都是"短打扮"，也就都显着年轻了好多。夏令营本部在公园内，新盖的礼堂，新修的游泳池；原有一块不小的空场，即作为运动和练习骑马的地方。女学生也练习马术，结队穿过街市的时候，使居民们都吐吐舌头。

灌县的水利是世界闻名的。在公园后面的一座大桥上，便可以看到滚滚的雪水从离堆流进来。在古代，山上的大量雪水流下来，非河身所能容纳，故时有水患。后来，李冰父子把小山硬凿开一块，水乃分流——离堆便在凿开的那个缝子的旁边。从此双江分灌，到处划渠，遂使川西平原的十四五县成为最富庶的区域——只要灌县的都江堰一放水，这十几县便都不下雨也有用不完的水了。城外小山上有二王庙，供养的便是李冰父子。在庙中高处可以看见都江堰的全景。在两江未分的地方，有驰名的竹索桥。距桥不远，设有鱼嘴，使流水分家，而后一江外行，一江入离堆，是为内外江。到冬天，在鱼嘴下设阻碍，把水截住，则内江干涸，可以淘滩。春来，撤去阻碍，又复成河。据说，每到春季开水的时候，有多少万人来看热闹。在二王庙的墙上，刻着古来治水的格言，如深淘滩、低作堰……细细玩味这些格言，再看着江堰上那些实际的设施，便可以看出来，治水的诀窍只有一个字——"软"。水本力猛，遇阻则激而决溃，所以应低作堰，使之轻轻漫过，不至出险。水本急流而下，波涛汹涌，故中设鱼嘴，使分为二，以减其力；分而又分，江乃成渠，力量分散，就有益而无损了。作堰的东西只是用竹编的筐子，盛上大石卵。竹有弹性，而石卵是活动的，都可以用"四两拨千斤"的劲儿对付那惊涛骇浪。用分化与软化对付无情的急流，水便老实起来，乖乖地为人们灌田了。

竹索桥最有趣。两排木柱，柱上有四五道竹索子，形成一条窄胡同儿。下面再用竹索把木板编在一处，便成了一座悬空的，随风摇动的大桥。我在桥上走了走，虽然桥身有点动摇，虽然木板没有编紧，还看得到下面的急流——看久了当然发晕——可是绝无危险，并不十分难走。

治水和修构竹索桥的方法，我想，不定是经过多少年代的试验与失败，而后才得到成功的。而所谓文明者，我想，也不过就是能用尽心智去解决切身的问题而已。假若不去下一番功夫，而任着水去泛滥，或任着某种自然势力兴灾作祸，则人类必始终是穴居野处，自生自灭，以至灭亡。看到都江堰的水利与竹索桥，我们知道我们的祖先确有不甘屈服而苦心焦虑地去克服困难的精神。可是，在今天，我们还时时听到看到各处不是闹旱便是闹水，甚至于一些蝗虫也能教我们去吃树皮草根。可怜，也可耻呀！我们连切身的衣食问题都不去设法解决，还谈什么文明与文化呢？

灌县城不大，可是东西很多。在街上，随处可以看到各种的水果，都好看好吃。在此处，我看到最大的鸡卵与大蒜大豆。鸡蛋虽然已卖到一元二角一个，可是这一个实在比别处的大着一倍呀。雪山的大豆要比胡豆还大。雪白发光，看着便可爱！药材很多，在随便的一家小药店里，便可以看到雷震子、贝母、虫草、熊胆、麝香和多少说不上名儿来的药物。看到这些东西，使人想到西边的山地与草原里去看一看。啊，要能到山中去割几脐麝香，打几匹大熊，够多威武而有趣呀！

物产虽多，此地的物价可也很高。只有吃茶便宜，城里五角一碗，城外三角，再远一点就卖二角了。青城山出茶，而遍地是水，故应如此。等我练好辟谷的工夫，我一定要搬到这一带来住，不吃什么，只喝两碗茶，或者每天只写二百字就够生活的了。

在灌县住了十天，才到青城山去。山在县城西南，约四十里。一路上，渠溪很多，有的浑黄，有的清碧：浑黄的大概是上流刚下了大雨。溪岸上往往有些野花，在树荫下悠闲地开着。山口外有长生观，今为荫堂中学校舍；秋后，黄碧野先生即在此教书。入了山，头一座庙是建福宫，没有什么可看的。由此拾阶而前，行五里，为天师洞——我们即住于此。由天师洞再往上走，约三四里，即到上清宫。天师洞上清宫是山中两大寺院，都招待游客，食宿概有定价，且甚公道。

从我自己的一点点旅行经验中，我得到一个游山玩水的诀窍："风景好的地方，虽无古迹，也值得来，风景不好的地方，纵有古迹，大可以不去。"古迹，十之八九，是会使人失望的。以上清宫和天师洞两大道院来说吧，它们都有些古迹，而一无足观。上清宫里有鸳鸯井，也不过是一井而有二口，一方一圆，一干一湿；看它不看，毫无关系。还有麻姑池，不过是一小方池浊水而已。天师洞里也有这类的东西，比如洗心池吧，不过是很小的一个水池；降魔石呢，原是由山崖裂开的一块石头，而硬说是被张天师用剑劈开的。假若没有这些古迹，这两座庙子的优美正自一点也不减少。上清宫在山头，可以东望平原，青碧千顷；山是青的，地也是青的，好像山上的滴翠慢慢流到人间去了的样子。在此，早晨可以看日出，晚间可以看圣灯；就是白天没有什么特景可观的时候，登高远眺，也足以使人心旷神怡。天师洞，与上清宫相反，是藏在山腰里，四面都被青山拥抱着，掩护着，我想把它叫作"抱翠洞"，也许比原名更好一些。

不过，不管庙宇如何，假若山林无可观，就没有多大意思，因为庙以庄严整齐为主，成不了什么很好的景致。青城之值得一游，正在乎山的本身也好；即使它无一古迹，无一大寺，它还是值得一看的名山。山的东面倾斜，所以长满了树木，这占了一个"青"字。山的西面，全是峭壁千丈，如城垣，这占了一个"城"字。山不厚，由"青"的这一头转到"城"的那一面，只须走几里路便够了。山也不算高，由脚至顶不过十里路。既不厚，又不高，按说就必平平无奇了。但是不然。它"青"，青得出奇，它不像深山老峪中那种老松凝碧的深绿，也不像北方山上的那种东一块西一块的绿，它的青色是包住了全山，没有露着山骨的地方；而且，这个笼罩全山的青色是竹叶、楠叶的嫩绿，是一种要滴落的，有些光泽的，要浮动的，淡绿。这个青色使人心中轻快，可是不敢高声呼唤，仿佛怕它那似滴未滴、欲动未动的青翠惊坏了似的。这个青色是使人吸到心中去的，而不是只看一眼，夸赞一声便完事的。当这个青色在你周围，你便觉出一种恬静，一种说不出，也无须说出的舒适。假若你非去形容一下不可呢，你自然地只会找到一个字——幽。所以，吴稚晖先生说："青城天下幽。"幽得太厉害了，便使人生畏；青城山却正好不太高，不太深，而恰恰不大不小的使人既不畏其旷，也不嫌它窄；它令人能体会到"悠然见南山"的那个"悠然"。

山中有报更鸟，每到晚间，即梆梆地呼叫，和柝声极相似，据道人说，此鸟不多，且永不出山。那天，寺中来了一队人，拿着好几支猎枪，我很为那几只会击柝的小鸟儿担心，这种鸟儿有个缺欠，即只能打三更——梆，梆梆——无论是傍晚还是深夜，它们老这么叫三下。假若能给它们一点训练，教它们能从一更报到五更，有多么好玩呢！

白日游山，夜晚听报更鸟，"悠悠"地就过了十几天。寺中的桂花开始放香，我们恋恋不舍地离别了道人们。

返回灌县城，只留一夜，即回成都。过郫县，我们去看了看望丛祠；没有什么好看的，地方可是很清幽，王法勤委员即葬于此。

成都的地方大，人又多，若把半个多月的旅记都抄写下来，未免太麻烦了。拣几项来随便谈谈吧。

（一）成都"文协"分会：自从川大迁开，成都"文协"分会因短少了不少会员，会务曾经有过一个时期不大旺炽。此次过蓉，分会全体会员举行茶会招待，到会的也还有四十多人，并不太少。会刊——《笔阵》——也由几小页扩充到好十几页的月刊，虽然月间经费不过才有百元钱。这样的努力，不能不令人钦佩！可惜，开会时没有见到李劼人先生，他上了乐山。《笔阵》所用的纸张，据说，是李先生设法给捐来的；大家都很感激他；有了纸，别的就容易办得多了。会上，也没见到圣陶先生，可是过了两天，在开明分店见到。他的精神很好，只是白发已满了头。他的少爷们，他告诉我，已写了许多篇小品文，预备出个集子，想找我作序，多么有趣的事啊！郭子杰先生、陶雄先生都约我吃饭，牧野先生陪着我游看各处，还有陈翔鹤、车瘦舟诸先生约我聚餐——当然不准我出钱——都在此致谢。瞿冰森先生和中央日报的同仁约我吃真正成都味的酒席，更是感激不尽。

（二）看戏：吴先忧先生请我看了川剧，及贾瞎子的竹琴、德娃子的洋琴，这是此次过蓉最快意的事。成都的川剧比重庆的好得多，况且我们又看的是贾佩之、萧楷成、周慕莲、周企何几位名手，就更觉得出色了。不过，最使我满意的，倒还是贾瞎子的竹琴。乐器只有一鼓一板，腔调又是那么简单，可是他唱起来仿佛每一个字都有些魔力，他越收敛，听者越注意静听，及至他一放音，台下便没法不喝彩了。他的每一个字像一个轻打梨花的雨点，圆润轻柔；每一句是有声有色的一小单位；真是字字有力，句句含情。故事中有多少人，他要学多少人，忽而大嗓，忽而细嗓，而且不只变嗓，还要咬音吐字各尽其情；这真是点本领！希望再有上成都去的机会。多听他几次！

（三）看书：在蓉，住在老友侯宝璋大夫家里。虽是大夫，他却极喜爱字画。有几块闲钱，他便去买破的字画；这样，慢慢地他已收集了不少四川先贤的手迹。这样，他也就与西玉龙一带的古玩铺及旧书店都熟识了。他带我去游玩，总是到这些旧纸堆中来。成都比重庆有趣就在这里——有旧书摊儿可逛。买不买的且不去管，就是多摸一摸旧纸陈篇也是快事啊。真的，我什么也没买，书价太高。可是，饱了眼福也就不虚此行。一般地说，成都的日用品比重庆的便宜一点，因为成都的手工业相当地发达，出品既多，同业的又多在同一条街上售货，价格当然稳定一些。鞋、袜、牙刷、纸张什么的，我看出来，都比重庆的相因着不少。旧书虽贵，大概也比重庆的便宜，假若能来往贩卖，也许是个赚钱的生意。不过，我既没发财的志愿，也就不便多此一举，虽然贩卖旧书之举也许是俗不伤雅的吧。

（四）归来：因下雨，过至中秋前一日才动身返渝。中秋日下午五时到陈家桥，天还阴着。夜间没有月光，马马虎虎的也就忘了过节。这样也好，省得看月思乡，又是一番难过！

原载 1942 年 10 月 10 日重庆《大公报·战线》

暑中杂谈二则

一　檐滴

冰雹、狂风、炮火，自然是可怕的。不过，有些东西原不足畏，却也会欺侮人，比如檐滴。大雨的时候，檐溜急流，我们自会躲在屋内，不受它们的浇灌。赶到雨已停止，特别是天上出了虹彩的时候，总要到院中看看。你出去吧，刚把脚放在阶上，不偏不斜，一个檐滴准敲在你的头顶上。正在发旋那块，因为那儿露着的头皮多一些。贾波林在影戏里才用酒瓶打人那块，檐滴也会这一招，而且不必是在影戏里。设若你把脖伸长了些，檐滴就更得手：你要是瘦子，它准落在脖子正中那个骨头上，溅起无数的水星；你要是胖子，它必会滴在那个肉褶上，而后往左右流，成一道小河，擦都费事。这自然不痛不痒，可是叫人别扭。它欺侮人。你以为雨已过去好久，可以平安无事了，哼，偏有那么一滴等着你呢！晚出来一步，或早出来一步，都可以没事；它使你相信了命运，活该挨这一下敲，挨完了敲，还是没地方诉冤。你不能骂房檐一顿；也不能打那滴水，它是在你的脖子上。你没办法。

二　留声机

北方一年只有几天连阴，好像个节令似的过着。院中或院外有了不易得的积水，小孩，甚至于大人，都要去蹚一蹚；摔在泥塘里也是有的。门外卖果子的特别地要大价，街上的洋车很少而奇贵，连医院里也冷冷清清的，下大雨病也得休息。家里须过阴天，什么老太太斗个纸牌，什么大姑娘用凤仙花泥染染指甲，什么小胖小子要煮些毛豆角儿。这都很有趣。可也有时候不尽这样和平，"阴天打孩子，闲着也是闲着"，就是雨战的一种。讲到摩登的事儿，留声机是阴天的骄子，既是没事可做，《小放牛》唱一百遍也不算多；唱片又不是蘑菇，下阵雨就往外长新的，只好翻过来掉过去地唱那所有的几片。这是种享受，也是种惩罚——《小放牛》唱到一百遍也能使人想起上吊，不是吗？

二姐借来个留声机，只有五张戏片。头一天还怪好，一家大小都哼唧着，很有个礼乐之邦的情调。第二天就有咧嘴的了："换个样儿行不行？"可是也还没有打起来，要不怎么说音乐足以陶养性情呢。第三天——雨更大了——时局可不妙，有起誓的了。但留声机依旧地转着，有的人想把歌儿背过来，一张连唱二三十次，并且是把耳朵放在机旁，唯恐走了一点音。起誓的和学歌的就不能不打起来了。据近邻王老太太看呢，打起来也比再唱强，到底是换换样儿呀。

一起打，差点把留声机碰掉下来，虽然没碰掉，也不怎么把那个"节音机"给碰动了，针儿碰到"慢"那边去。我也不晓得这个小针叫什么，反正就是那个使唱片加快或减速度的玩

110

意儿，大概你比我明白。我家里对于摩登事儿太落伍。我还算是晓得这个针儿——不管它姓什么吧——的作用。二姐连这个都不知道。第四天，雨大邪了，一阵一个海，干什么去呢？还得唱。机器转开了，声音像憋住气的牛，不唱，慢慢地；片子不转，晃悠。上了一片，了有半点多钟，大家都落了泪。二姐不叫再唱了："别唱了，等晴天再说吧。阴天返潮，连话匣子都皮了！"于是留声机暂行休息。我没那个工夫告诉他们拨拨那个针，不愿意再打架。

载 1934 年 9 月 1 日《论语》第 48 期

兔 儿 爷

　　我好静，故怕旅行。自然，到过的地方就不多了。到的地方少，看的东西自然也就少。就是对于兔儿爷这玩意儿也没有看过多少种。

　　稍为熟悉的只有北方几座城：北平、天津、济南和青岛。在这四个名城里，一到中秋，街上便摆出兔儿爷来——就是山东人称为兔子王的泥人。兔儿爷或兔子王都是泥做的。兔脸人身，有的背后还插上纸旗，头上罩着纸伞。种类多，做工细，要算北平。山东的兔子王样式既少，手工也很糙。

　　泥人本有多种，可是因为不结实，所以做得都不太精细；

给小儿女买玩意儿，谁也不愿多花钱买一碰即碎的呀。兔儿爷虽也系泥人，但售出的时间只在八月节前的半个月左右。与月饼同为迎时当令的东西，故不妨做得精细一些。况且小儿女们每愿给兔儿爷上供，置之桌上，不像对待别种泥娃娃那么随便，于是也就略为减少碰碎的危险。这样，兔儿爷便获得较优越的地位，而能每年一度很漂亮地出现于街头。

中秋又到了，北平等处的兔儿爷怎样呢？

我可以想象到：那些粉脸彩衣，插旗打伞的泥人们一定还是一行行地摆在街头，为暴敌粉饰升平啊！

听说敌人这些日子，正在北平大量地焚书，几乎凡不是木板的图书都可以遭到被投入火里的厄运。学校里、人家里，都没有了书，而街头上到处摆出兔儿爷，多么好的一种布置呢！暴敌要的是傀儡呀！

友人来信，说平津大雨，连韭菜都卖到三吊钱（与重庆的"吊"同值）一束，粗粮也卖到一毛多一斤。谁还买得起兔儿爷呢？大概也就是在市上摆几天，给大家热闹热闹眼睛吧？

因而就想到那些高等汉奸，到时候，他们就必出来。正如桂花一开，兔子王便上市。他们的脸很体面，油光水滑的，只可惜鼻下有个三瓣子嘴，而头上有一对长耳朵。他们的身上也花花绿绿，足下登起粉底高靴。身腔里可是空空的，脊背有个泥团儿，为插旗伞之用；旗伞都是纸做的。他们多体面，多空虚，多没有心肝呢！他们唯一的好处似乎只在有两个泥膝，跪下很方便。

兔儿爷怕遇上淘气的孩子，左搬右弄，它脸上的粉，身上的彩，便被弄污；不幸而孩子一失手，全身便变成若干小片片了。孩子并不十分伤心，有钱便能再买一个呀。幸而支撑过了中秋，并未粉碎；可又时节已过，谁还有心玩兔子王呢？最聪明的傀儡也不过是些小土片呀！那些带活气的兔子王，越漂亮，我就越替他们担心；小日本鬼子不但淘气，而且是世上最凶狠的孩子啊。兔子王的寿命无论如何过不去中秋，我真想为那些粉墨登场的傀儡落泪了。

抗战建国须凭真实本领与浩然正气，只能迎时当令充兔子王的，不做汉奸，也是废物。那么，我们不仅当北望平津，似乎也当自省一下吧？

（原载 1938 年 10 月 30 日《弹花》第 2 卷第 1 期）

青岛与山大

　　北中国的景物是由大漠的风与黄河的水得到色彩与情调：荒、燥、寒、旷、灰黄，在这以尘沙为雾，以风暴为潮的北国里，青岛是颗绿珠，好似偶然地放在那黄色地图的边儿上。在这里，可以遇见真的雾，轻轻地在花林中流转，愁人的雾笛仿佛像一种特有的鹃声。在这里，北方的狂风还可以袭人，激起的却是浪花；南风一到，就要下些小雨了。在这里，春来得很迟，别处已是端阳，这里刚好成为锦绣的乐园，到处都是春花。这里的夏天根本用不着说，因为青岛与避暑永远是相连的。其实呢，秋天更好：有北方的晴爽，而不显着干燥，因为北方的天气在这里被海给软化了；同时，海上的湿气又被凉风吹散，结果是天与海一样地蓝，湿与燥都不走极端；虽然大雁还是按时候向南飞，可是此地到菊花时节依然是很暖和的。在海边的微风里，看高远深碧的天上飞着雁字，真能使人暂时忘了一切，即使欲有所思，大概也只有赞美青岛吧。冬天可实在不能令人满意，有相当的冷，也有不小的风。但是，这里的房屋不像北平的那样以纸糊窗，街道上也没有尘土，于是冷与风的厉害就减少了一些。再说呢，夏季的青岛是中外有钱有闲的人们的娱乐场所，因为他们与她们都是来享福取乐，所以不惜把壮丽的山海弄成烟酒香粉的世界。到了冬天，他们与她们都另寻出路，把山海自然之美交给我们久住青岛的人。雪天，我们可以到栈桥去望那美若白莲的远岛；风天，我们可以在夜里听着寒浪的击荡。就是不风不雪，街上的行人也不甚多，到处呈现着严肃的气象，我们也可以吐一口气，说：这是山海的真面目。

　　一个大学或者正像一个人，它的特色总多少与它所在的地方有些关系。山大虽然成立了不多年，但是它既在青岛，就不能不带些青岛味儿。这也就是常常引起人家误解的地方。一般地说，人们大概会这样想：山大立在青岛恐怕不大合适吧？舞场、咖啡馆、电影院、浴场……在花花世界里能安心读书吗？这种因爱护而担忧的猜想，正是我们所愿解答的。在前面，我们叙述了青岛的四时：青岛之有夏，正如青岛之有冬；可是一般人似乎只知其夏，不知其冬，猜测多半由此而来。说真的，山大所表现的精神是青岛的冬。是呀，青岛忙的时候也是山大忙的时候，学会咧、参观团咧、讲习会咧，有时候同时借用山大做会场或宿舍，热忙非常。但这总是在夏天，夏天我们也放假呀。当我们上课的期间，自秋至冬，自冬至初夏，青岛差不多老是静寂的。春山上的野花、秋海上的晴霞，是我们的，避暑的人们大概连想也没想到过。至于冬日寒风恶月里的寂苦，或者也只有我们的读书声与足球场上的欢笑可与相抗；稍微贪点热闹的人恐怕连一个星期也住不下去。我常说，能在青岛住过一冬的，就有修仙的资格。我们的学生在这里一住就是四冬啊！他们不会在毕业时候都成为神仙——大概也没人这样期望他们——可是他们的静肃态度已经养成了。一个没到过山大的人，也许容易想到，青岛既是富有洋味的地方，当然山大的学生也得洋服啷当的，像些华侨子弟似的。根本没有这一回事。山大的校舍是昔年的德国兵营，虽然在改作学校之后，院中铺满短草，道旁也种上了玫瑰，可是它总脱不了营房的严肃气象。学校的后面左面都是小山，挺立着一些青松，我们每天早晨一抬头就看见山石与松林之美，但不是柔媚的那一种。学校里我们设若打扮得怪漂亮的，即使没人多看两眼，也觉得仿佛有些不得劲儿。整个的严肃空气不许我们漂亮，到学校外去，依然用不着修饰。六七月之间，此处固然是万紫千红，士女如云，好一片摩登景象了。可是过了暑期，海边上连个人影也没有；我们大概用不着花花绿绿地去请白鸥与远帆来看吧？因此，山大虽在青岛，而很少洋味儿，制服以外，蓝布大衫是第二制服。就是在六七月最热闹的时候，我们还是如此，因为朴素成了风气，蓝布大衫一穿大有"众人摩登我独古"的气概。

还有呢，不管青岛是怎样西洋化了的都市，它到底是在山东。"山东"二字满可以用作朴俭静肃的象征，所以山大——虽然学生不都是山东人——不但是个北方大学，而且是北方大学中最带"山东"精神的一个。我们常到崂山去玩，可是我们的眼却望着泰山，仿佛是。这个精神使我们朴素，使我们能吃苦，使我们静默。往好里说，我们是有一种强毅的精神；往坏里讲，我们有点乡下气。不过，即使我们真有乡下气，我们也会自傲地说，我们是在这儿矫正那有钱有闲来此避暑的那种奢华与虚浮的摩登，因为我们是一群"山东儿"——虽然是在青岛，而所表现的是青岛之冬。

至于沿海上停着的各国军舰，我们看见的最多，此地的经济权在谁何之手，我们知道得最清楚；这些——还有许多别的呢——时时刻刻刺激着我们，警告着我们，我们的外表朴素，我们的生活单纯，我们却有颗红热的心。我们眼前的青山碧海时时对我们说：国破山河在！于此，青岛与山大就有了很大的意义。

原载 1936 年山东大学《二五年刊》

耍　　猴

　　去年的"华北运动会"是在济南举行的。开会之前忙坏了
石匠瓦匠们。至少也花了十万元吧，在南围墙子外建了一座运
动场。场子的本身算不上美观，可是地势却取得好极了。我不
懂风水阴阳，只就审美上看是非常满意的。南边正对着千佛山
的山凹，东南角对着开元寺上边的那座"玄秘"塔，东边列着
一片小山。西边呢，齐鲁大学的方灯式的礼堂石楼，如果在晚
半天看，好像是斜阳之光的暂停处。坐在高处往北看，济南全
城只是夹着几点红色的一片深绿。

　　喜欢看人们运动，更喜欢看这片风景，所以借个机会，哪

怕只是个初级小学开会练练徒手操呢，我总要就此走上一遭。

爱到这里来的并不止于我个人，学生是无须说了，就是张大娘、李二嫂、王三姑娘——三位女性，一律小脚——也总和我前后脚地扭上前来。于是，我设若听不到"内行"的评论，比如说哪项竞走是打破了某种纪录，哪个选手跳高的姿势如何道地，我可是能听到一些真正的民意，因为张大娘等不仅是张着嘴看，而且时常批评或讨论几句呢。

去年"华北"开会的第二天，大家正"敬"候着万米长跑下场，张大娘的一只小公鸡先下了场，原来张大娘赴会时顺便买了只鸡在怀中抱着，不知是为要鼓掌还是要剥落花生吃，而鸡飞矣。张大娘，于是，连同李二嫂，一齐与那鸡赛了个不止百码！童子军、巡警、宪兵也全加入捉鸡竞走，至少也有五分钟吧——不知是打破哪项纪录——鸡终被擒。张大娘抱鸡又坐好，对李二嫂发了议论：咱们要是也像那些女学生，裤子只护着腔，大脚片穿着滚钉板的鞋，还用费这么大事捉一只鸡？李二嫂看了旁边的小脚王三姑娘；王三姑娘猛然用手遮上了眼，低声而急切地说：她们，她们，真不害羞，当着这么多老爷儿们脱裤子！

果然，有几位女运动员预备跳栏正脱去长裤。于是李二嫂与张大娘似乎后悔了，彼此点头会意；姑娘到底不该大脚片穿钉鞋，以免当着人脱肥裤。

今年九月二十四举行全省运动会，是为选拔参加"华北"的选手。我到了，张大娘李二嫂等自然也到了。而且她们这次是带着小孩子与老人。刚一坐下，老人与小孩便一齐质问张大娘：姑娘们在哪儿呢？看不见光腿的姑娘啊！张大娘似乎有些失信用，只好连说别忙别忙。扔花枪、扔锅饼、跳木棍、猴爬竿、推铁疙瘩，老人小孩与张大娘都不感觉兴趣，只好老人吸烟，小孩吃栗子，张大娘默祷快来光腿的姑娘以恢复信用。看，来了！旁边一位红眼少年，大概不是布铺便是纸店的少掌柜，十二分恳挚地向张大娘报告。忽——大家全站起来了。看那个黑劲！那个腿！身上还挂着白字！咦！咦！蹦，还蹦跶呢！大筒子又响了，瞎嚷什么！唉！唉！站好了，六个人一排，真齐啊！前面一溜小白木架呢！那是跳的，你当是，又跑又跳！真！快看、趴下了！快放枪了，那是！……忽——全坐下了。什么年头，老人发了脾气，耍猴儿的，男猴女猴！家走！可是小孩不走，张大娘也不肯走，好的还在后面呢，等会儿，还跑廿多圈呢！要看就看跑廿多圈的，跑一小骨节有啥看头；跑那么近，还叫人搀着呢，不要脸！廿多圈的始终没出来，张大娘既不知道还有秩序单其物，而廿多圈的恰好又列在次日。偶尔向场内看一眼，其余的工夫全消费在闲谈上。老人与另一老人联盟；有小孩决不送进学堂去，连跑带跳，一口血，得；况且是老大不小的千金女儿呢！张大娘一定叫小孩等着看跑廿多圈的，而小孩一定非再买栗子吃不可。李二嫂说王三姑娘没来，因为定了婆家。红眼青年邀着另一位红眼青年：走，上席棚那边看看去，姑娘都在那儿喝汽水什么的呢。巡警不许我们过去呀？等着，等着机会溜过去呀！……

载 1932 年 10 月 29 日《华年》周刊第 1 卷第 29 期

广 智 院

逛过广智院的人，从一九〇四到一九二六，有八百多万；
到如今当然过了千万。乡下人到济南赶集，必附带着逛逛广
智院。逛字似乎下得不妥，可是在事实上确是这么回事；这留
在下面来讲。广智院是英人怀恩光牧师创办的，到现在已有
二十八年的历史。它不纯粹是博物院，因为办平民学校、识字
班等，也是它的一部分作业。此外，它也做点宗教事业。就它
的博物院一部分的性质上说，它也是不纯粹的：不是历史博物
院、自然博物院或某种博物院，而是历史地理生物建筑卫生等
混合起来的一种启迪民智的通俗博物院。生物标本、黄河铁桥

模型、公家卫生的指导物，都在那里陈列着。这一来是因为经费不富裕，不能办成真正博物院；二来是它的宗旨本来是偏重社会教育。颇有些到过欧美、参观过世界驰名的大博物院的君子对它不敬，以为这不过是小小的西洋牧师弄些泥人泥马来骗我们黄帝的子孙。可是，人家的宗旨本在给普通人民一些常识，这种轻慢的态度大可以收起去。再者，就以这样的建设来说，中国可有几个？大英博物馆好则好矣，怎奈不是中国的！广智院陋则陋矣，到底是洋人办的。中国人谈社会教育，不止三十年了吧？可是广智院有了二十八年的历史，中国人自办的东西在哪儿？

再请这游过欧美的大人们看看贵黄帝子孙。您诸位大人不是以为广智院的陈列品太简陋吗？您猜猜贵黄帝子孙把这点简陋东西看懂了没有？假如您不愿猜，待小子把亲眼所见的述说一番。

等等，我得先擦擦眼泪。不然，我没法说下去。

山水沟的"集"是每六天一次。山水沟就在广智院的东边，相隔只有几十丈远，所以有集的日子，广智院特别人多。山水沟集上卖的东西，除了破铜和烂铁，就是日本瓷、日本布、日本胶皮鞋。买了东洋货，贵黄帝子孙乃相率入西洋鬼子办的社会教育机关——广智院。赶集逛院是东西两端，中间的是黄帝子孙！别再落泪，恐怕大人先生们骂我眼泪太不值钱！

大鲸鱼标本。黄帝子孙相率瞪眼，一万个看不懂，到底是啥呢？蚊虫放大标本。又一个相率瞪眼，到底是啥呢？碰巧了有位识字的，十二分地骄傲说道：这是蚊子！大家又一个瞪眼，蚊子？一向没看过乌鸦大的蚊子！识字的先生悻悻然走开，大家左右端详乌鸦大的蚊子，终于莫名其妙。

到了卫生标本室。泥做的两条小巷：一条干净，人皆健康；一条污浊，人皆生病。贵黄帝子孙一个个面带喜色，抖擞精神，批评起来："看这几块西瓜皮捏得多么像真的！"群应之曰："赛！""赛"是土话，即妙好之意。"快来，看这个小娘们，怎捏得这么巧呢！看那些小白馍馍，馍馍上还有苍蝇呢！"群应之曰："赛！"对面摆着"缠足之害"的泥物。"啊呀！看这里小脚的！看，看，看那小裹脚条子，还真是条小白布呢！看那小妞子哭的神气，真像啊！"群应之曰："赛！""哼，怎么这个泥人嘴里出来根铁丝，铁丝上有块白布，布上有黑字呢？"没有应声，相对瞪眼。那识字的先生恰巧又转回来，十二分地骄傲，说道："这是表示那个人说话呢！"群应之曰："哼？""干吗说话，嘴里还出铁丝和白布呢？"不懂！

这就是贵黄帝子孙"逛"广智院的获得。人家处处有说明，怎奈咱们不识字！这还是鬼子设备的不周到；添上几位指导员，随时给咱们解说，岂不就"赛"了吗？但是，添几位指导员的经费呢？鬼子去筹啊！既开得起院，便该雇得起指导员！是的，予欲无言！

载 1932 年 12 月《华年》第 1 卷第 38 期

头 一 天

　　那时候（一晃儿十年了！），我的英语就很好。我能把它说得不像英语，也不像德语，细听才听得出——原来是"华英官话"。那就是说，我很艺术地把几个英国字勾派在中国字里，如鸡兔之同笼。英国人把我说得一愣一愣的，我可也把他们说得直眨眼；他们说的他们明白，我说的我明白，也就很过得去了。

　　给它个死不下船，还有错儿吗？！反正船得把我运到伦敦去，心里有底！

　　果然一来二去地到了伦敦。船停住不动，大家都往下搬行李，我看出来了，我也得下去。什么码头？顾不得看；也不顾问，省得又招人们眨眼。检验护照。我是末一个——英国人不像咱们这样客气，外国人得等着。等了一个多钟头，该我了。两个小官审了我一大套，我把我心里明白的都说了，他俩大概没明白。他们在护照上盖了个戳儿，我"看"明白了："准停留一月Only"。（后来由学校呈请内务部把这个给注销了，不在话下。）管它 Only 还是"哼来"，快下船哪，别人都走了。敢情还得检查行李呢。这回很干脆："烟？"我说"no"；"丝？"又一个"no"。皮箱上画了一道符，完事。我的英语很有根了，心里说。看别人买车票，我也买了张；大家走，我也走；反正他们知道上哪儿。他们要是走丢了，我还能不陪着吗？上了火车。火车非常地清洁舒服。越走，四外越绿，高高低低全是绿汪汪的。太阳有时出来，有时进去，绿地的深浅时时变动。远处的绿坡托着黑云，绿色特别地深厚。看不见庄稼，处处是短草，有时看见一两只摇尾食草的牛。这不是个农业国。

　　走着走着，绿色少起来，看见了街道房屋，街上走动着红色的大汽车。再走，净是房屋了，全挂着烟尘，好像熏过了的。

到伦敦了，我想起幼年所读的地理教科书。

车停在 Gannon Street。大家都下来，站台上有不少接客的男女，接吻的声音与姿势各有不同。我也慢条斯理地下来；上哪儿呢？啊，来了救兵，易文思教授向我招手呢。他的中国话比我的英语应多得着九十多分。他与我一人一件行李，走向地道车站去；有了他，上地狱也不怕了。坐地道火车到了 Liverpool Street。这是个大车站，把行李交给了转运处，他们自会给送到家去。然后我们喝了杯啤酒，吃了块点心。车站上、地道里、转运处、咖啡馆，给我这么个印象：外面都是乌黑不起眼，可是里面非常地清洁有秩序。后来我慢慢看到，英国人也是这样。脸板得要哭似的，心中可是很幽默，很会讲话。他们慢，可是有准。易教授早一分钟也不来；车进了站，他也到了。他想带我上学校去，就在车站的外边。想了想，又不去了，因为这天正是礼拜。他告诉我，已给我找好了房，而且是和许地山在一块。我更痛快了，见了许地山还有什么事做呢，除了说笑话？

易教授住在 Barnet，所以他也在那里给我找了房。这虽在

"大伦敦"之内，实在是属 Hertfordshire，离伦敦有十一哩，坐快车得走半点多钟。我们就在原车站上了车，赶到车快到目的地，又看见大片的绿草地了。下了车，易先生笑了。说我给带来了阳光。果然，树上还挂着水珠，大概是刚下过雨去。

正是九月初的天气，地上潮阴阴的，树和草都绿得鲜灵灵的。由车站到住处还要走十分钟。街上差不多没有什么行人，汽车电车上也空空的。礼拜天。街道很宽，铺户可不大，都是些小而明洁的，此处已没有伦敦那种乌黑色。铺户都关着门，路右边有一大块草场，远处有一片树林，使人心中安静。

最使我忘不了的是一进了胡同：Carnarvon Street。这是条不大不小的胡同。路是柏油碎石子的，路边上还有些流水，因刚下过雨去。两旁都是小房，多数是两层的，瓦多是红色。走道上有小树，多像冬青，结着红豆。房外二尺多的空地全种着花草，我看见了英国的晚玫瑰。窗都下着帘，绿蔓有的爬满了窗沿。路上几乎没人，也就有十点钟吧，易教授的大皮鞋响声占满了这胡同，没有别的声。那些房子实在不是很体面，可是很静寂，清洁，草花、红绿的颜色、雨后的空气与阳光，给了一种特别的味道。它是城市，也是村庄，它本是在伦敦做事的中等人的居住区所。房屋表现着小市民气，可是有一股清香的气味和一点安适太平的景象。

将要做我的寓所的也是所两层的小房，门外也种着一些花，虽然没有什么好的，倒还自然；窗沿上悬着一两枝灰粉的豆花。房东是两位老姑娘，姐已白了头，胖胖的很傻，说不出什么来。妹妹做过教师，说话很快，可是很清晰，她也有四十上下了。妹妹很尊敬易教授，并且感谢他给介绍两位中国朋友。许地山在屋里写小说呢，用的是一本油盐店的账本，笔可是钢笔，时时把笔尖插入账本里去，似乎表示着力透纸背。

房子很小：楼下是一间客厅、一间饭室、一间厨房。楼上是三个卧室、一个浴室。由厨房出去，有个小院，院里也有几棵玫瑰，难怪英国史上有玫瑰战争，到处有玫瑰，而且种类很多。院墙只是点矮矮的木树，左右邻家也有不少花草，左手里的院中还有几株梨树，挂了不少果子。我说"左右"，因自从在上海便转了方向，太阳天天不定由哪边出来呢！

这所小房子里处处整洁，据地山说，都是妹妹一个人收拾的；姐姐本来就傻，对于工作更会"装"傻。他告诉我，她们的父亲是开面包房的，死时把买卖给了儿子，把两所小房给了两个女儿。姊妹俩卖出去一所，把钱存起吃利；住一所，租两个单身客，也就可以维持生活。哥哥不管她们，她们也不求哥哥。妹妹很累，她操持一切；她不肯叫住客把硬领与袜子等交洗衣房：她自己给洗并烫平。在相当的范围内，她没完全商业化了。

易先生走后，姐姐戴起大而多花的帽子，去做礼拜。妹妹得做饭，只好等晚上再到教堂去。她们很虔诚；同时，教堂也是她们唯一的交际所在。姐姐并听不懂牧师讲的是什么，地山告诉我。路上慢慢有了人声，多数是老太婆与小孩子，都是去礼拜的。偶尔也跟着个男人，打扮得非常庄重，走路很响，是英国小绅士的味儿。邻家有弹琴的声音。

饭好了，姐姐才回来，傻笑着。地山故意地问她，讲道的内容是什么？她说牧师讲得很深，都是哲学。饭是大块牛肉。由这天起，我看见牛肉就发晕。英国普通人家的饭食，好处是在干净；茶是真热。口味怎样，我不敢批评，说着伤心。

饭后，又没了声音。看着屋外的阳光出没，我希望点蝉声，没有。什么声音也没有。连地山也不讲话了。静寂使我想起家来，开始写信。地山又拿出账本来，写他的小说。

伦敦边上的小而静的礼拜天。

原载 1934 年 8 月《良友画报》第 92 期

趵突泉的欣赏

千佛山、大明湖和趵突泉，是济南的三大名胜。现在单讲趵突泉。

在西门外的桥上，便看见一溪活水，清浅，鲜洁，由南向北地流着。这就是由趵突泉流出来的。设若没有这泉，济南定会丢失了一半的美。但是泉的所在地并不是我们理想中的一个美景。这又是个中国人征服自然的办法，那就是说，凡是自然的恩赐交到中国人手里就会把它弄得丑陋不堪。这块地方已经成了个市场。南门外是一片喊声，几阵臭气，从卖大碗面条与肉包子的棚子里出来。进了门有个小院,差不多是四方的。这里,"一毛钱四块!"和"两毛钱一双!"的喊声,与外面的"吃来"连成一片。一座假山,奇丑;穿过山洞,接连不断的棚子与地摊,东洋布、东洋瓷、东洋玩具、东洋……加劲地表示着中国人怎样热烈地"不"抵制劣货。这里很不易走过去,乡下人一群跟着一群地来,把路塞住。他们没有例外地全买一件东西还三次价,走开又回来摸索四五次。小脚妇女更了不得,你往左躲,她往左扭;你往右躲,她往右扭,反正不许你痛快地过去。

到了池边,北岸上一座神殿,南西东三面全是唱鼓书的茶棚,唱的多半是梨花大鼓,一声"哟"要拉长几分钟,猛听颇像产科医院的病室。除了茶棚还是日货摊子,说点别的吧!

泉太好了。泉池差不多见方,三个泉口偏西,北边便是条小溪流向西门去。看那三个大泉,一年四季,昼夜不停,老那么翻滚。你立定呆呆地看三分钟,你便觉出自然的伟大,使你不敢再正眼去看。永远那么纯洁,永远那么活泼,永远

136

那么鲜明，冒，冒，冒，永不疲乏，永不退缩，只有自然有这样的力量！冬天更好，泉上起了一片热气，白而轻软，在深绿的长的水藻上飘荡着，使你不由得想起一种似乎神秘的境界。

池边还有小泉呢：有的像大鱼吐水，极轻快地上来一串小泡；有的像一串明珠，走到中途又歪下去，真像一串珍珠在水里斜放着；有的半天才上来一个泡，大，扁一点，慢慢地，有姿态地摇动上来，碎了；看，又来了一个！有的好几串小碎珠一齐挤上来，像一朵攒整齐的珠花，雪白。有的……这比那大泉还更有味。

新近为增加河水的水量，又下了六根铁管，做成六个泉眼，水流得也很旺，但是我还是爱那原来的三个。

看完了泉，再往北走，经过一些货摊，便出了北门。

前年冬天一把大火把泉池南边的棚子都烧了。有机会改造了！造成一个公园，各处安着喷水管！东边做个游泳池！有许多人这样盼望。可是，席棚又搭好了，渐次改成了木板棚；乡下人只知道趵突泉，把摊子移到"商场"去（就离趵突泉几步）

买卖就受损失了；于是"商场"四大皆空，还把趵突泉叫作日货销售场。也许有道理。

原载 1932 年 8 月《华年》第一卷第十七期

夏之一周间

　　我与学界的人们一同分润寒假暑假的"寒"与"暑"，"假"字与我老不发生关系似的。寒与暑并不因此而特别地留点情；可是，一想及拉车的、当巡警的、卖苦力气的，我还抱怨什么？而且假期到底是假期，晚起个三两分钟到底不会耽误了上堂；暂时不做铜铃的奴隶也总得算偌大的自由！况且没有粉笔面子的"双"熏——对不起，一对鼻孔总是一齐吸气，还没练成"单吸"的功夫，虽然做了不少年的教员。

　　整理已讲过的讲义，预备下学期的新教材，这把"念读写作，四者缺一不可"的功夫已做足。此外，还要写小说呢。教

139

员兼写家，或写家兼教员，无论怎样排列吧，这是最时行的事。单干哪一行也不够养家的，况且我还养着一只小猫！幸而教员兼车夫，或写家兼屠户，还没大行开，这在像中国这么文明的国家里，还不该念佛？

闹钟的铃自一放学就停止了工作，可是没在六点后起来过，小说的人物总是在天亮前后便在脑中开了战事；设若不乘着打得正欢的时候把他们捉住，这一天，也许是两三天，不用打算顺当地调动他们，不管你吸多少支香烟，他们总是在面前耍鬼脸，及至你一伸手，他们全跑得连个影儿也看不见。早起的鸟捉住虫儿，写小说的也如此。

这绝不是说早起可以少出一点汗。在济南的初伏以前而打算不出汗，除非离开济南。早晨、晌午、晚间、夜里，毛孔永远川流不息：只要你一眨巴眼，或叫声“球”——那只小猫——得，遍体生津。早起决不为少出汗，而是为拿起笔来把汗吓回去。出汗的工作是人人怕的，连汗的本身也怕。一边写，一边流汗；越流汗越写得起劲；汗知道你是与它拼个你死我活，它便不流了。这个道理或者可以从《易经》里找出来，但是我还没有工夫去检查。

自六点至九点，也许写成五百字，也许写成三千字，假如没有客人来的话。五百字也好，三千字也好，早晨的工作算是结束了。值得一说的是：写五百字比写三千的时候要多吸至少七八支香烟，吸烟能助文思不永远灵验，是不是还应当多给文曲星烧股高香？

九点以后，写信——写信！老得写信！希望邮差再大罢工一年！——浇浇院中的草花，和小猫在地上滚一回，然后读欧·亨利。这一闹哄就快十二点了。吃午饭；也许只是闻一闻；夏天闻闻菜饭便可以饱了的。饭后，睡大觉，这一觉非遇见非常的事件是不能醒的。打大雷，邻居小夫妇吵架，把水缸从墙头掷过来，……只是不希望地震，虽然它准是最有效的。醒了，该弄讲义了，多少不拘，天天总弄出一点来。六点，又吃饭。饭后，到齐大的花园去走半点钟，这是一天中挺直脊骨的特许期间，廿四点钟内挺两刻钟的脊骨好像有什么卫生神术在其中似的，不过，挺着胸膛走到底是壮观的；究竟挺直了没有自然是另一问题，未便深究。

挺背运动完毕，回家。屋子里比烤面包的炉子的热度高着多少？无从知道，因为没有寒暑表。屋内的蚊子还没都被烤死呢，我放心了。洗个澡，在院中坐一会儿，听着街上卖汽水、冰激凌的吆喝。心静自然凉，我永远不喝汽水，不吃冰激凌；香片茶是我一年到头的唯一饮料，多咱香片茶是由外洋贩来我便不喝了。九点钟前后就去睡，不管多热，我永远地躺下（有时还没有十分躺好）便能入梦。身体弱多睡觉，是我的格言。一气睡到天明，又该起来拿笔吓走汗了。

过去的一周就是这么过去的；没读过一张报纸，不做亡国的事的与做亡国的事的，或者都不大爱读新闻纸；我是哪一等人呢？良心上分吧。

载 1932 年 9 月 1 日《现代》第五期

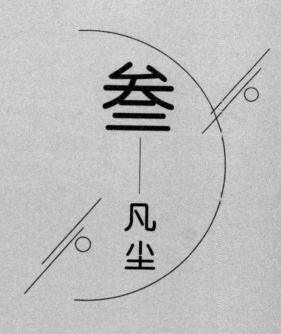

叁

——凡尘

又是一年芳草绿

悲观有一样好处，它能叫人把事情都看轻了一些。这个可也就是我的坏处，它不起劲，不积极。您看我挺爱笑不是？因为我悲观。悲观，所以我不能板起面孔，大喊："孤——刘备！"我不能这样。一想到这样，我就要把自己笑毛咕了。看着别人吹胡子瞪眼睛，我从脊梁沟上发麻，非笑不可。我笑别人，因为我看不起自己。别人笑我，我觉得应该；说得天好，我不过是脸上平润一点的猴子。我笑别人，往往招人不愿意；不是别人的量小，而是不像我这样稀松，这样悲观。

我打不起精神去积极地干，这是我的大毛病。可是我不懒，凡是我该做的我总想把它做了，总算得点报酬养活自己与家里的人——往好了说，尽我的本分。我的悲观还没到想自杀的程度，不能不找点事做。有朝一日非死不可呢，那只好死喽，我有什么法儿呢？

这样，你瞧，我是无大志的人。我不想当皇上。最乐观的人才敢做皇上，我没这份胆气。

有人说我很幽默，不敢当。我不懂什么是幽默。假如一定问我，我只能说我觉得自己可笑，别人也可笑；我不比别人高，别人也不比我高。谁都有缺欠，谁都有可笑的地方。我跟谁都说得来，可是他得愿意跟我说；他一定说他是圣人，叫我三跪九叩报门而进，我没这个瘾。我不教训别人，也不听别人的教训。幽默，据我这么想，不是嬉皮笑脸，死不要鼻子。

也不是怎股子劲儿，我成了个写家。我的朋友德成粮店的写账先生也是写家，我跟他同等，并且管他叫二哥。既是个写家，当然得写了。"风格即人"——还是"风格即驴"？——我是怎个人自然写怎样的文章了。于是有人管我叫幽默的写家。我不以这为荣，也不以这为辱。我写我的。卖得出去呢，多得个三块五块的，买什么吃不香呢。卖不出去呢，拉倒，我早知道指着写文章吃饭是不易的事。

稿子寄出去，有时候是肉包子打狗，一去不回头；连个回信也没有。这，咱只好幽默；多咱见着那个骗子再说，见着他，大概我们俩总有一个笑着去见阎王的。不过，这是不很多见的，要不怎么我还没想自杀呢。常见的事是这个，稿子登出去，酬金就睡着了，睡得还是挺香甜。直到我也睡着了，它忽然来了，仿佛故意吓人玩。数目也惊人，它能使我觉得自己不过值一毛五一斤，比猪肉还便宜呢。这个咱也不说什么，国难期间，大家都得受点苦，人家开铺子的也不容易，掌柜的吃肉，给咱点汤喝，就得念佛。是的，我是不能当皇上，焚书坑掌柜的，咱没那个狠心，你看这个劲儿！不过，有人想坑他们呢，我也不便拦着。

这么一来，可就有许多人看不起我。连好朋友都说："伙计，你也硬正着点，说你是为人类而写作，说你是中国的高尔基；你太泄气了！"真的，我是泄气，我看高尔基的胡子可笑。

他老人家那股子自卖自夸的劲儿，打死我也学不来。人类要等着我写文章才变体面了，那恐怕太晚了吧？我老觉得文学是有用的；拉长了说，它比任何东西都有用，都高明。可是往眼前说，它不如一尊高射炮，或一锅饭有用。我不能吆喝我的作品是"人类改造丸"，我也不相信把文学杀死便天下太平。我写就是了。

别人的批评呢？批评是有益处的。我爱批评，它多少给我点益处；即使完全不对，不是还让我笑一笑吗？自己写的时候仿佛是蒸馒头呢，热气腾腾，莫名其妙。及至冷眼人一看，一定看出许多错儿来。我感谢这种指摘。说得不对呢，那是他的错儿，不干我的事。我永不驳辩，这似乎是胆儿小；可是也许是我的宽宏大量。我不便往自己脸上贴金。一件事总得由两面瞧，是不是？

对于我自己的作品，我不拿她们当作宝贝。是呀，当写作的时候，我是卖了力气，我想往好了写。可是一个人的天才与经验是有限的，谁也不敢保了老写得好，连河马也有打盹的时候。有的人呢，每一拿笔便想到自己是但丁，是莎士比亚。这没有什么不可以的，天才须有自信的心。我可不敢这样，我的悲观使我看轻自己。我常想客观地估量估量自己的才力；这不易做到，我究竟不能像别人看我看得那样清楚；好吧，既不能十分看清楚了自己，也就不用装蒜，谦虚是必要的，可是装蒜也大可以不必。

对做人，我也是这样。我不希望自己是个完人，也不故意地招人家的骂。该求朋友的呢，就求；该给朋友做的呢，就做。做得好不好，咱们大家凭良心。所以我很和气，见着谁都能扯一套。可是，初次见面的人，我可是不大爱说话；特别是见着女人，我简直张不开口，我怕说错了话。在家里，我倒不十分怕太太，可是对别的女人老觉着恐慌，我不大明白妇女的心理；要是信口开河地说，我不定说出什么来呢，而妇女又爱挑眼。男人也有许多爱挑眼的，所以初次见面，我不大愿开口。我最喜辩论，因为红着脖子粗着筋的太不幽默。我最不喜欢好吹腾的人，可并不拒绝与这样的人谈话；我不爱这样的人，但喜欢听他的吹。最好是听着他吹，吹着吹着连他自己也忘了吹到什么地方去，那才有趣。

可喜的是有好几位生朋友都这么说："没见着阁下的时候，总以为阁下有八十多岁了。敢情阁下并不老。"是的，虽然将奔四十的人，我倒还不老。因为对事轻淡，我心中不大藏着计划，做事也无须要手段，所以我能笑，爱笑；天真的笑多少显着年轻一些。我悲观，但是不愿老声老气地悲观，那近乎"虎事"。我愿意老年轻轻的，死的时候像朵春花将残似的那样哀而不伤。我就怕什么"权威"咧、"大家"咧、"大师"咧等等老气横秋的字眼们。我爱小孩、花草、小猫、小狗、小鱼；这些都不"虎事"。偶尔看见个穿小马褂的"小大人"，我能难受半天，特别是那种所谓聪明的孩子，让我难过。比如说，一群小孩都在那儿看变戏法儿，我也在那儿，单会有那么一两个七八岁的小老头说："这都是假的！"这叫我立刻走开，心里堵上一大块。世界确是更"文明"了，小孩也懂事懂得早了，可是我还愿意大家傻一点，特别是小孩。假若小猫刚生下来就会捕鼠，我就不再养猫，虽然它也许是个神猫。

我不大爱说自己，这多少近乎"吹"。人是不容易看清楚自己的。不过，刚过完了年，心中还慌着，叫我写"人生于世"，实在写不出，所以就近地拿自己当材料。万一将来我不得已而做了皇上呢，这篇东西也许成为史料，等着瞧吧。

载 1935 年 3 月 6 日《益世报》

有了小孩以后

　　艺术家应以艺术为妻，实际上就是当一辈子光棍儿。在下闲暇无事，往往写些小说，虽一回还没自居过文艺家，却也感觉到家庭的累赘。每逢困于油盐酱醋的灾难中，就想到独人一身，自己吃饱便天下太平，岂不妙哉。

　　家庭之累，大半由儿女造成。先不用提教养的花费，只就淘气哭闹而言，已足使人心慌意乱。小女三岁，专会等我不在屋中，在我的稿子上画圈拉杠，且美其名曰"小济会写字"！把人要气没了脉，她到底还是有理！再不然，我刚想起一句好的，在脑中盘旋，自信足以愧死莎士比亚，假若能写出来的话。

当是时也，小济拉拉我的肘，低声说："上公园看猴？"于是我至今还未成莎士比亚。小儿一岁整，还不会"写字"，也不晓得去看猴，但善亲亲，闭眼，张口展览上下四个小牙。我若没事，请求他闭眼，露牙，小胖子总会东指西指地打岔。赶到我拿起笔来，他那一套全来了，不但亲脸，闭眼，还"指"令我也得表演这几招。有什么办法呢？！

　　这还算好的。赶到小济午后不睡，按着也不睡，那才难办。到这么四点来钟吧，她的困闹开始，到五点钟我已没有人味。什么也不对，连公园的猴都变成了臭的，而且猴之所以臭，也应当由我负责。小胖子也有这种困而不睡的时候，大概多数是与小济同时发难。两位小醉鬼一齐找毛病，我就是诸葛亮恐怕也得唱空城计，一点办法没有！在这种干等束手被擒的时候，偏偏会来一两封快信——催稿子！我也只好闹脾气了。不大一会儿，把太太也闹急了，一家大小四口，都成了醉鬼，其热闹至为惊人。大人声言离婚，小孩怎说怎不是，于离婚的争辩中瞎打混。一直到七点后，两位小天使已困得动不得，离婚的宣言才无形地撤销。这还算好的。遇上小胖子出牙，那才真叫厉害，不但白天没有情理，夜里还得上夜班。一会儿一醒，若被针扎了似的惊啼，他出牙，谁也不用打算睡。他的牙出利落了，大家全成了红眼虎。

不过，这一点也不妨碍家庭中爱的发展，人生的巧妙似乎就在这里。记得 Frank Harris 仿佛有过这么点记载：他说王尔德为那件不名誉的案子过堂被审，一开头他侃侃而谈，语多幽默。及至原告提出几个男妓做证人，王尔德没了脉，非失败不可了。Harris 以为王尔德必会说："我是个戏剧家，为观察人生，什么样的人都当交往。假若我不和这些人接触，我从哪里去找戏剧中的人物呢？"可是，王尔德竟自没这么答辩，官司就算输了！

把王尔德且放在一边；艺术家得多去经验，Harris 的意见，假若不是特为王尔德而发的，的确是不错。连家庭之累也是如此。还拿小孩们说吧——这才来到正题——爱他们吧，嫌他们吧，无论怎么说，也是极可宝贵的经验。

在没有小孩的时候，一个人的世界还是未曾发现美洲的时候的。小孩是哥伦布，把人带到新大陆去。这个新大陆并不很远，就在熟悉的街道上和家里。你看，街市上给我预备的，在没有小孩的时候，似乎只有理发馆、饭铺、书店、邮政局等。我想不出婴儿医院、糖食店、玩具铺等的意义。连药房里的许许多多婴儿用的药和粉，报纸上婴儿自己药片的广告，百货店里的小袜子小鞋，都显着多此一举，劳而无功。及至小天使自天飞降，我的眼睛似乎戴上了一双放大镜，街市依然那样，跟我有关系的东西可是不知增加了多少倍！婴儿医院不但挂着牌子，敢情里边还有医生呢。不但有医生，还是挺神气，一点也得罪不得。拿着医生所给的神符，到药房去，敢情那些小瓶子小罐都有作用。不但要买瓶子里的白汁黄面和各色的药饼，还得买瓶子罐子、轧粉的钵、量奶的漏斗、乳头、卫生尿布，玩意儿多多了！百货店里那些小衣帽、小家具，也都有了意义；原先以为多此一举的东西，如今都成了非它不行；有时候铺中缺乏了我所要的那一件小物品，我还大有看不起他们的意思：既是百货店，怎能不预备这件东西呢？！慢慢地，全街上的铺子，除了金店与古玩铺，都有了我的足迹；连当铺也走得怪熟。铺中人也渐渐熟识了，甚至可以随便闲谈，以小孩为中心，谈得颇有味儿。

伙计们、掌柜们，原来不仅是站柜做买卖，家中还有小孩呢！有的铺子，竟自敢允许我欠账，仿佛一有了小孩，我的人格也好了些，能被人信任。三节的账条来得很踊跃，使我明白了过节过年的时候怎样出汗。

小孩使世界扩大，使隐藏着的东西都显露出来。非有小孩不能明白这个。看着别人家的孩子，肥肥胖胖，整整齐齐，你总觉得小孩们理应如此，一生下来就戴着小帽，穿着小袄，好像小雏鸡生下来就披着一身黄绒似的。赶到自己有了小孩，才能晓得事情并不这么简单。一个小娃娃身上穿戴着全世界的工商业所能供给的，给全家人以一切啼笑爱怨的经验，小孩的确是位小活神仙！

有了小活神仙，家里才会热闹。窗台上，我一向认为是摆花的地方。夏天呢，开着窗，风儿轻轻吹动花与叶，屋中一阵阵地清香。冬天呢，阳光射到花上，使全屋中有些颜色与生气。后来，有了小孩，那些花盆很神秘地都不见了，窗台上满是瓶子罐子，数不清有多少。尿布有时候上了写字台，奶瓶倒在书架上。大扫除才有了意义，是的，到时候非痛痛快快地收拾一顿不可了，要不然东西就有把人埋起来的危险。上次大扫除的时候，我由床底下找到了但丁的《神曲》。不知道这老家伙干吗在那里藏着玩呢！

　　人的数目也增多了，而且有很多问题。在没有小孩的时候，用一个仆人就够了，现在至少得用俩。以前，仆人"拿糖"，满可以暂时不用；没人做饭，就外边去吃，谁也不用拿捏谁。有了小孩，这点豪气趁早收起去。三天没人洗尿布，屋里就不要再进来人。牛奶等项是非有人管理不可，有儿方知卫生难，奶瓶子一天就得烫五六次；没仆人简直不行！有仆人就得捣乱，没办法！

　　好多没办法的事都得马上有办法，小孩子不会等着"国联"慢慢解决儿童问题。这就长了经验。半夜里去买药，药铺的门上原来有个小口，可以交钱拿药，早先我就不晓得这一招。西药房里敢情也打价钱，不等他开口，我就提出："还是四毛五？"这个"还是"使我省五分钱，而且落个行家。这又是一招。找老妈子有作坊，当票儿到期还可以入利延期，也都被我学会。没工夫细想，大概自从有了儿女以后，我所得的经验至少比一张大学文凭所能给我的多着许多。大学文凭是由课本里掏出来的，现在我却念着一本活书，没有头儿。

连我自己的身体现在都会变形，经小孩们的指挥，我得去装马装牛，还须装得像个样儿。不但装牛像牛，我也学会牛的忍性，小胖子觉得"开步走"有意思，我就得百走不厌；只做一回，绝对不行。多咱他改了主意，多咱我才能"立正"。在这里，我体验出母性的伟大，觉得打老婆的人们满该下狱。

中秋节前来了个老道，不要米，不要钱，只问有小孩没有？看见了小胖子，老道高了兴，说十四那天早晨须给小胖子左腕上系一根红线。备清水一碗，烧高香三炷，必能消灾除难。右邻家的老太太也出来看，老道问她有小孩没有，她惨淡地摇了摇头。到了十四那天，倒是这位老太太的提醒，小胖子的左腕上才拴了一圈红线。小孩子征服了老道与邻家老太太。一看胖手腕的红线，我觉得比写完一本伟大的作品还骄傲，于是上街买了两尊兔子王，感到老道、红线、兔子王，都有绝大的意义！

载 1936 年 11 月 25 日《谈风》第 3 期

搬　　家

　　一提议说搬家，我就知道麻烦又来了。住着平安，不吵不闹，谁也不愿搬动。又不是光棍一条，搬起来也省事。既然称得起"家"，这至少起码是夫妇两个，往往彼此意见不合，先得开几次联席会议，结果大家的主张不得不折中。谁去找房，这个说，等我找到得几时，我又得教书，编讲义，写文章，而且专等星期天去找；况且我男人家又粗心又马虎，还是你去吧。那个说，一个女人家东家进，西家出，"眼观六路耳听八方"都得看仔细，打听明白，就是看妥了，和房东办交涉也是不善，全权通交在一人身上，这个责任，确是不轻。

没有法子，只得第二天就去实行，一路上什么也引不起注意，就看布告牌上的招租帖，墙角上、热闹口上通都留神，这还不算。有的好房就不贴条子，也不请银行信托部来管，这可不好办。一来二去的自己有了点发现，凡是窗户上没有窗帘子，你就可拍门去问。虽然看不中意，但是比较起所看的房确是强得多。

　　住惯北平的房子，老希望能找到一个大院子。所以离开北平之后，无论到天津、济南、汉口、上海，以至青岛，能找到房子带个大院子，真是少有。特别是在青岛，你能找到独门独院，只花很少的租价，就简直可说没有。除非你真有腰包，可以大大地租上座全楼。

　　我就不喜欢一个楼，分楼上一家，楼下一家，或是楼分四家住。这样住在楼上的人多少总是占便宜的。楼下的可就倒霉。遇见清净孩子少的还好，遇见好热闹，有嗜好的，孩子多的，那才叫活槽。而且还注意同楼是不是好养狗。这是经验告诉我，一条狗得看新养的，还是旧有的。青岛的狗种，可属全世界的了，三更半夜，嚎出的声真能吓得你半夜不能安睡。有了狗群，更不得安生，决斗声、求爱声、乳狗声，比什么声音都复杂热闹。这个可不敢领教了！

其次看同楼邻居如何；人口、年龄、籍贯、职业，都得在看房之际顺口答音的，探听清楚。比如说吧，这家是南方人，老太太是湖北的，少奶奶是四川的，少爷是在港务局做事，孩子大小三个；这所楼我虽看得还合适，房间大，阳光充足，四壁厕所厨房都干净，可是一看这家邻居，心就凉爽了。第一老太太是南方的我先怕。这并不是说对于南方的老太太有什么仇恨，而是对于她们生活习惯都合不来。也不管什么日子，黑天白日，黄钱白钱——纸钱——足烧一气，口中念念有词，我确是看不下去。再有是在门前买东西，为了一分钱，一棵菜，绝不善罢甘休买成功，必得为少一两分量吵嚷半天，小贩们脸红脖子粗地走开。少奶奶管孩子，少爷吊嗓子，你能管得着吗？碰巧还架上贱价无线电，吵得你"姑子不得睡，和尚不得安"。所以趁早不用找麻烦。

论到职业上，确是重大问题。如果同楼邻居是同行，当然不必每天见面，"今天天气，哈哈哈"，或者不至于遭人白眼，扭头不屑于理"你个穷酸教书匠"，大有"道不同不相为谋"的气概。有时还特别显示点大爷就是这股子劲，看着不顺眼，搬哪！于是乎下班之后约些朋友打打小牌。越是更深人静，红中白板叫得越响，碰巧就继续到天亮，叫车送客忙了一大阵，这且不提。

你遇见这样对头最好忍受。你若一干涉，好，事情更来得重，没事先拉拉胡琴，约个人唱两出。久而久之，来个"坐打二簧"，锣鼓一齐响，你不搬家还等着什么？想用功到时候了，人家却是该玩的时候；你说明天第一堂有课，人家十时多才上班。你想着票友散了，先睡一觉，人家楼上孩子全起来了，玩橄榄球，拉凳子，打铁壶又跟上了。心中老害怕薄薄一层楼板，早晚是全军覆没，盖上木头被褥，那才高兴呢！

一封客客气气的劝告信，满希望等楼上的先生下了班，送了过去，发生点效力。一会儿楼上老妈子推门进来说，我们太太不认识字，老爷不在家，太太说不收这封信。好吧，接过来，整个丢进字纸篓里。自愧没做公安局长。

一个月后，房子才算妥当了，半年为期，没有什么难堪条件。回来对她一说，她先摇头，难道楼下你还没住够？我说，这次可担保，一定没有以前所受的流弊。房子够住，地点适宜，离学校、菜市、大街都近，而且喜欢遇到整齐的院子，又带着一个大空后院，练球，跳远，打拳都行。再说楼上只住老夫妇俩，还是教育界。她点了点头。

两辆大敞车，把所有的动产，在一早晨都搬了过去，才又发现门口正对着某某宿舍三个敞口大垃圾箱。掩鼻而过可也！

载 1936 年 12 月 10 日《谈风》第 4 期

快活得要飞了

从二十八岁起练习写作，至今已有整十二年。在这十二年里，有三次真的快活——快活得连话也说不出，心里笑而泪在眼圈中。第一次是看到自己的第一本书印了出来。几个月的心血，满稿纸的勾抹点画，忽然变成一本很齐整的小书！每个铅字都静静地，黑黑地，在那儿排立着，一定与我无关，而又颇面善！生命的一部分变成了一本书！我与它似乎并没有多大关系，因为我绝不会排字与订书，或像生产小孩似的从身体里降落下八开本或十二开本。可是，我又与它极有关系，像我的耳目口鼻那样绝对属于我自己，丑俊大小都没法再改，而自己的鼻子虽歪，也要对镜找出它的美点来呀！

第二次是当我的小女刚学会走路的时候，我离家两三天；回来，我刚一进门，她便晃晃悠悠地走来了，抱住我的腿不放。她没说什么——事实上她还没学会多少话；我也无言——我的话太多了，所以反倒不知说什么好。默默地，我与她都表现了父与女所能有的亲热与快乐。

第三次是在汉口，全国文艺界抗敌协会开筹备会的那一天。未到汉口之前，我一向不大出门，所以见到文艺界朋友的机会就很少。这次，一到会便是几十位！他们的笔名，我知道；他们的作品，我读过。今天，我看了他们的脸，握了他们的手。笔名、著作、写家，一齐联系起来，我仿佛是看到许多的星，哪一颗都在样子上差不多，可是都自成一个世界。这些小世界里的人物的创造者，和咱们这世界里的读众的崇拜者，就是坐在我面前的这些人！

可是，这还不足使我狂喜。几十个人都说了话，每个人的话都是那么坦白诚恳，啊，这才到了我喜得要落泪的时候。这些人，每个人有他特别的脾气，独具的见解，个人的爱恶，特有的作风。因此，在平日他们就很难免除自是与自傲。自己的努力使每个人孤高自赏，自己的成就产生了自信；文人相轻，与其说是一点毛病，还不如说是因努力而自信的必然结果。可是，这一天，得看见大家的脸，听得到大家的话。在他们的脸上，我找到了为国家为民族的悲愤；在他们的话中，我听出团结与互助的消息。在国旗前，他们低首降心，自认渺小；把平日个人的自是改为团体的信赖，把平日个人的好尚改作共同的爱恶——全民族的爱恶。在这种情感中，大家亲切地握手，不客气地说出彼此的短长，真诚演为谅解。这是何等的胸襟与气度呢！

在全部的中国史里，要找到与这类似的事实，恐怕很不容易吧？因为在没有认清文艺是民族的呼声以前，文人只能为自己道出苦情，或进一步而嗟悼——是嗟悼！——国破家亡；把自己放在团体里充一名战士，去复兴民族，维护正义，是万难做到的。今天，我们都做到了这个，因为新文艺是国民革命中产生出的，文艺者根本是革命的号兵与旗手。他们今日的集合，排成队伍，绝不是偶然的。这不是乌合之众，而是战士归营，各具杀敌的决心，以待一齐杀出。这么着，也只有这么着，我们才足以自证是时代的儿女，把民族复兴作为共同的意志与信仰，把个人的一切都放在团体里去，在全民族抗敌的肉长城前有我们的一座笔阵。这还不该欣喜吗？

我等着，等到开大会的那一天，我想我是会乐疯了的！

原载 1938 年 3 月 27 日汉口《大公报》

（全国文艺界抗敌协会成立大会特刊）

何容何许人也

　　粗枝大叶的我可以把与我年纪相仿的好友们分为两类。这样的分类可是与交情的厚薄一点也没关系。第一类是因经济的压迫或别种原因，没有机会充分发展自己的才力，到二十多岁已完全把生活放在挣钱养家、生儿养女等上面。他们没工夫读书，也顾不得天下大事，眼睛老盯在自己的忧喜得失上。他们不仅不因此而失去他们的可爱，而且可羡慕，因为除非遇上国难或自己故意作恶，他们总是苦乐相抵，不会遇到什么大不幸。他们不大爱思想，所以喝杯咸菜酒也很高兴。

　　第二类差不多都是悲剧里的角色。他们有机会读书；同情于，或参加过革命；知道，或想去知道天下大事；会思想或自己以为会思想。这群朋友几乎没有一位快活的。他们的出生年月日就不对：都生在前清末年，现在都在三十五与四十岁之间。礼义廉耻与孝悌忠信，在他们心中还有很大的分量。同时，他们对于新的事情与道理都明白个几成。以前的做人之道弃之可惜，于是对于父母子女根本不敢做什么试验。对以后的文化建设不愿落在人后，可是别人革命可以发财，而他们革命只落个"忆昔当年……"他们对于一切负着责任：前五百年，后五百年，全属他们管。可是一切都不管他们，他们是旧时代的弃儿，新时代的伴郎。谁都向他们讨税，他们始终就没有二亩地，这些人带着满肚子的委屈，而且还得到处扬着头微笑，好像天下与自己都很太平似的。

在这第二类的友人中，有的是徘徊于尽孝呢，还是为自己呢？有的是享受呢，还是对家小负责呢？有的是结婚呢，还是保持个人的自由呢？……花样很多，而其基本音调是一个——徘徊、迟疑、苦闷。他们可是也并不敢就干脆不挣扎，他们的理智给感情画出道儿来，结果呢，还是努力地维持旧局面吧，反正得站一面儿，那么就站在自幼儿习惯下来的那一面好啦。这可不是偷懒，拣着容易的做，也不是不厌恶旧而坏的势力，而实在需要很大的勉强或是——说得好听一点——牺牲，因为他们打算站在这一面，便无法不舍掉另一面，而这个另一面正自带着许多迷人的诱惑力量。

何容兄是这样朋友中的一位代表。在革命期间，他曾吃过枪弹：幸而是打在腿上，所以现在还能"不"革命地活着。革命吧，不革命吧，他的见解永不落在时代后头。可是在他的行为上，他比提倡尊孔的人还更古朴，这里所指的提倡尊孔者还是那真心想翼道救世的。他没有一点"新"气，更谈不上"洋"气。说卫生，他比谁都晓得。但是他的生活最没规律：他能和友人们一谈谈到天亮，而白天去睡觉。朋友是一切，人家要说到天亮，他绝不肯只陪到夜里两点。可有一点，这得看是什么朋友，他要是看谁不顺眼，连一分钟也不肯空空地花费。他的"古道"使他柔顺像个羊，同时能使他硬如铁。当他硬的时候，不要说巴结人，就是泛泛地敷衍一下也不肯。在他柔顺的时候，他的感情完全受着理智的调动：比如说友人的小孩病得要死，他能昼夜地去给守着，而面上老是微笑，希望他的笑能减少友人一点痛苦；及至友人们都睡了，他才独对着垂死的小儿落泪。反之，对于他以为不是东西的人，他全任感情行事，不管人家多么难堪。他"承认"了谁，谁就是完人；有了过错他也要说而张不开口。他不承认谁，趁早不必讨他的厌去。

怎样能被他"承认"呢？第一个条件是光明磊落。所谓光明磊落就是一个人能把旧礼教中那些舍己从人的地方用在一切行动上。而且用得自然单纯，不为着什么利益与必期的效果。他不反对人家谈恋爱，可是男的非给女的提着小伞与低声下气地连唤"嘀耳"不可，他便受不住了，他以为这位先生缺乏点丈夫气概。他不是不明白在"追求"期间这几乎是照例的公事，可是他遇到这种事儿，便夸大地要说他的话了："我的老婆给我扛着伞，能把人碰个跟头的大伞！"他，真的，不让何太太扛伞。真的，他也不能给她扛伞。他不佩服打老婆的人，加倍不佩服打完老婆而出来给她提小伞的人，后者不光明磊落。

光明磊落使他不能低三下四地求爱，使他穷，使他的生活没有规律，使他不能多写文章——非到极满意不肯寄走，改，改，改，结果文章失去自然的风趣。做什么他都出全力，为是对得起人，而成绩未必好。可是他愿费力不讨好，不肯希望"歪打正着"。他不常喝酒，一喝起来他可就认了真，喝酒就是喝酒。醉？活该！在他思索的时候，他是心细如发。他以为不必思索的事，根本不去思索，譬如喝酒，喝就是了，管他什么。他的心思忽细忽粗，正如其为人忽柔忽硬。他并不是疯子，但是这种矛盾的现象，使他"阔"不起来。对于自己物质的享受，他什么都能将就；对于择业择友，一点也不将就。他用消极的安贫去平衡他所不屑的积极发展。无求于人，他可以冷眼静观宇宙了，所以他幽默。他知道自己矛盾，也看出世事矛盾，他的风凉话是含着这双重的苦味。

是的，他不像别的朋友那样有种种无法解决的，眼看着越缠越紧而翻不起身的事。以他来比较他们，似乎他还该算个幸运的。可是我拿他做这群朋友的代表。正因为他没有显然的困难，他的悲哀才是大家所必不能避免的，不管你如何设法摆脱。显然的困难是时代已对个人提出清账，一五一十，清清楚楚。他的默默悲哀是时代与个人都微笑不语，看到底谁能再敷衍下

172

去。他要想敷衍呢，他便须和一切妥协：旧东西中的好的坏的，新东西中的好的坏的，一齐等着他给喊好；只要他肯给它们喊好，他就颇有希望成为有出路的人。他不能这么办。同时他也知道毁坏了自己并不是怎样了不得的事，他不因不妥协而变成永不洗脸的名士。革命是有意义的事，可是他已先偏过了。怎么办呢？他只交下几个好朋友，大家到一块儿，有的说便说，没的说彼此就愣着也好。他也教书，也编书，月间进上几十块钱就可以过去。他不讲穿，不讲究食住，外表上是平静沉默，心里大概老有些人家看不见的风浪。真喝醉了的时候也会放声地哭，也许是哭自己，也许是哭别人。

他知道自己的毛病，所以不吹腾自己的好处。不过，他不想改他的毛病，因为改了毛病好像就失去些硬劲儿似的。努力自励的人，假若没有脑子，往往比懒一些的更容易自误误人。何容兄不肯拿自己当个猴子耍给人家看。好，坏，何容是何容：他的微笑似乎表示着这个。对好友们，他才肯说他的毛病，像是："起居无时，饮食无节，衣冠不整，礼貌不周，思而不学，好求甚解而不读书……"只有他自己才能说得这么透彻。催他写文章，他不说忙，而是"慢与忙有关系，因忧故忙"，因为"作文章像暖房里人工孵鸡，鸡孵出来了，人得病一场"！

他若穿起军服来，很像个营里的书记长。胸与肩够宽，可惜脸上太白了些，不完全像个兵。脸白，可并不美。穿起蓝布大衫，又像个学校里不拿事的庶务员。面貌与服装都没什么可说，他的态度才是招人爱的地方，老是安安稳稳，不慌不忙，不多说话，但说出来就得让听者想那么一会儿。香烟不离口；酒不常喝，而且喝多了在两天之后才现醉相这使朋友们视他为"异人"；他自己也许很以此自豪，虽然"晚醉"和"早醉"是一样受罪的。他喜爱北平，大概最大的原因是北平有几位说得来的朋友。

原载 1935 年 12 月《人间世》第四十一期

想 北 平

　　设若让我写一本小说，以北平做背景，我不至于害怕，因为我可以拣着我知道的写，而躲开我所不知道的。让我单摆浮搁地讲一套北平，我没办法。北平的地方那么大，事情那么多，我知道的真觉太少了，虽然我生在那里，一直到廿七岁才离开。以名胜说，我没到过陶然亭，这多可笑！以此类推，我所知道的那点只是"我的北平"，而我的北平大概等于牛的一毛。

　　可是，我真爱北平。这个爱几乎是要说而说不出的。我爱我的母亲。怎样爱？我说不出。在我想做一件讨她老人家喜欢的事的时候，我独自微微地笑着；在我想到她的健康而不放心的时候，我欲落泪。言语是不够表现我的心情的，只有独自微笑或落泪才足以把内心揭露在外面一些来。我之爱北平也近乎这个。夸奖这个古城的某一点是容易的，可是那就把北平看得太小了。我所爱的北平不是枝枝节节的一些什么，而是整个儿与我的心灵相黏合的一段历史，一大块地方，多少风景名胜，从雨后什刹海的蜻蜓一直到我梦里的玉泉山的塔影，都积凑到一块儿，每一小的事件中有个我，我的每一思念中有个北平，这只有说不出而已。

真愿成为诗人，把一切好听好看的字都浸在自己的心血里，像杜鹃似的啼出北平的俊伟。啊！我不是诗人！我将永远道不出我的爱，一种像由音乐与图画所引起的爱。这不但是辜负了北平，也对不住我自己，因为我的最初的知识与印象都得自北平，它是在我的血里，我的性格与脾气里有许多地方是这古城所赐给的。我不能爱上海与天津，因为我心中有个北平。可是我说不出来！

伦敦、巴黎、罗马与君士坦丁堡，曾被称为欧洲的四大“历史的都城”。我知道一些伦敦的情形；巴黎与罗马只是到过而已；

君士坦丁堡根本没有去过。就伦敦、巴黎、罗马来说，巴黎更近似北平——虽然"近似"两字要拉扯得很远——不过，假使让我"家住巴黎"，我一定会和没有家一样地感到寂苦。巴黎，据我看，还太热闹。自然，那里也有空旷静寂的地方，可是又未免太旷；不像北平那样既复杂而又有个边际，使我能摸着——那长着红酸枣的老城墙！面向着积水潭，背后是城墙，坐在石上看水中的小蝌蚪或苇叶上的嫩蜻蜓，我可以快乐地坐一天，心中完全安适，无所求也无可怕，像小儿安睡在摇篮里。是的，北平也有热闹的地方，但是它和太极拳相似，动中有静。巴黎有许多地方使人疲乏，所以咖啡与酒是必要的，以便刺激；在北平，有温和的香片茶就够了。

论说巴黎的布置已比伦敦罗马匀调得多了，可是比上北平还差点事儿。北平在人为之中显出自然，几乎是什么地方既不挤得慌，又不太僻静：最小的胡同里的房子也有院子与树；最空旷的地方也离买卖街与住宅区不远。这种分配法可以算——在我的经验中——天下第一了。北平的好处不在处处设备得完全，而在它处处有空儿，可以使人自由地喘气；不在有好些美丽的建筑，而在建筑的四围都有空闲的地方，使它们成为美景。每一个城楼，每一个牌楼，都可以从老远就看见。况且在街上还可以看见北山与西山呢！

好学的，爱古物的，人们自然喜欢北平，因为这里书多古物多。我不好学，也没钱买古物。对于物质上，我却喜爱北平的花多菜多果子多。花草是费钱的玩意儿，可是此地的"草花儿"很便宜，而且家家有院子，可以花不多的钱而种一院子花，即使算不了什么，可是到底可爱呀。墙上的牵牛、墙根的靠山竹与草茉莉，是多么省钱省事而也足以招来蝴蝶呀！至于青菜、白菜、扁豆、毛豆角、黄瓜、菠菜等，大多数是直接由城外担来而送到家门口的。雨后，韭菜叶上还往往带着雨时溅起的泥点。青菜摊子上的红红绿绿几乎有诗似的美丽。果子有不少是由西山与北山来的，西山的沙果、海棠，北山的黑枣、柿子，进了城还带着一层白霜儿呀！哼，美国的橘子包着纸，遇到北平的带霜儿的玉李，还不愧杀！

是的，北平是个都城，而能有好多自己产生的花、菜、水果，这就使人更接近了自然。从它里面说，它没有像伦敦的那些成天冒烟的工厂；从外面说，它紧连着园林、菜圃与农村。采菊东篱下，在这里，确是可以悠然见南山的；大概把"南"字变个"西"或"北"，也没有多少了不得的吧。像我这样的一个贫寒的人，或者只有在北平能享受一点清福了。

好，不再说了吧；要落泪了，真想念北平呀！

原载 1936 年 6 月 16 日《宇宙风》第 19 期

科学救命

　　很想研究科学，这几天。要发明个机器。这个机器得小巧玲珑，至大也不过像个十支长城烟包，可以随身带着，而没有私携手枪的嫌疑。到应用的时候，只须用手一摸就得，不用转螺丝，通电流，或接天线地线等。只要一根天地人三才中的"人线"就够了。用手一摸，碰上人线，手指一热，热到脑部，于是立刻就能有个好笑话——机器的用处。

　　近来实在需要这么个机器。你看，有人请吃饭，能不去吗？去了，酒过三杯，临座笑得像个蜜桃似的——请来个笑话！往四下一观，座中至少有两位已经听过咱的那些傻姑爷与十七字诗。没办法！即使天才真有那么大，现成的笑话总比自造的好。可是现在的笑话似乎老是那几个，而且听笑话的老有熟人。刚一张嘴就被熟人接过去了——又是那个傻姑爷呀？这还怎么往下说！幸而没人插嘴，而有这么一两位两眼死盯着咱，因为笑话听过的，所以专看咱怎么张嘴与眨巴眼，于是把那点说笑话应有的得意劲儿完全给赶走了；没这股得意劲儿趁早不用说笑话！有的时候，咱刚说了头两句，一位熟人善意地笑了——那是个好笑话，老丈人揍傻姑爷，哈哈哈！不用再往下说了。气先泄了，还怎么说！这顿饭吃到肚中，至少得到医院去一趟。

回到家，孩子们都钻了被窝，可是没睡，专等咱带来落花生与柿饼儿。十回有九回，忘了带这些零碎；好吧，说个笑话。刚一张嘴，小将军们一齐下令——"不听那个臭的！"香的打哪儿来呢？说哪个，哪个是臭的，一点不将就，为说笑话，大人小孩都觉得人生没有多少意义；而且小孩一定发脾气，能哭上一个多钟头，一边哭一边嚷——不听那个臭笑话，不听！

到了学校，学生代表来了——先生，我们今天开联欢会，您说个笑话？趁早不用驳回，反正秩序单早已定好了。好吧，由脑子里的最下层，大概离头发还有三四里地，找出个带锈的笑话来。收拾了收拾，打磨了打磨，预备去说。秩序单上的笑林项下还有别人呢。他在前面，当然他先说。他一张嘴，咱的慢性盲肠炎全不发炎了，浑身冰凉。刚打磨好的笑话被他给说了。而且他说得非常地圆到，比咱想起来的多着好多花样；这不仅使咱发慌，而且觉得惭愧！轮到咱了，张着嘴练习"立正"吧。有什么办法呢？脑子最下层的东西被人抢去，只好由脊椎骨上找点话吧；这自然不是容易的事，也不十分舒服。好歹地敷衍了几句，不像笑话，不像故事，不像演说，什么也不像；本来吗，脊椎骨上的玩意儿还能高明的了？咱的脸上笑着，别人的都哭丧着。说完了好大半天，大家想起鼓掌来，鼓得比呼吸的声音稍微大一些。

　　非发明个机器不可了！放在口袋里，用手一摸，脑中立刻一热，一亮，马上来个奇妙的笑话。不然，人生绝对幽默不了，而且要减寿十年。

打算先念中学物理教科书。

载一九三三年十二月一日《论语》第三十期

梦想的文艺

　　我盼望总会有那么一天，我可以随便到世界任何地方去，而没有人偷偷地跟在我的背后，没有人盘问我到哪里去和干什么去，也没有人检查我的行李。那就是我的理想世界！在那个世界里，我爱写什么便写什么，正如同我爱到何处去便到何处那样。我相信，在那个世界里，文艺将是讲绝对的真理的，既不因忌讳什么而吞吞吐吐，也不因遵守标语口号而把某一帮一行的片面，当作真理。那时候，我的笔下对真理负责，而不帮着张三或李四去辩论曲直是非——他们俩最好找律师去解决那些鸡毛蒜皮的事。

那时候，我若到了德国，便直言无隐地告诉德国人，他们招待客人还太拘形式，使我感到不舒服。（德国人在那时候当然已早忘了制造战争，而很忠诚地制造阿司匹林。）他们听了并不生气，而赶快去研究怎样可以不拘形式而把客人招待得从心眼里觉得安逸。同样地，我可以在伦敦讽刺英国的士大夫：他们为什么那样注意戴礼帽，拿雨伞，而不设法去消灭或减少伦敦的黑雾。那些有幽默感的英国人笑着接受了我的暗示，于是国会决议：每天起飞五千架重轰炸机往下撒极细的沙子，把黑雾过滤成白雾，而伦敦市民就一律因此增寿十年。

　　我的笔将是温和的，微微含笑的，不发气的，写出聪明的合理的话。我不必粗脖子红脸地叫喊什么，那样是会使文字粗糙，失去美丽的。我不必顾虑我的话会引来棍棒与砖头，除非我是说了谎或乱骂了人。那时候的社会上求真的习尚，使写家必须像先知似的说出警告，那时候人们的审美力的提高，使作家必须唱出他的话语，像春莺似的美妙。

　　昨天我听见一个四十多岁的汉子，对一个十九岁的学生说：

　　"你要真理？我的话便是真理！听从我的话便是听从真理！

我这个真理会教你有衣有食，有津贴好拿！在我的真理以外，你要想另找一个，你便会找到监狱、毒刑、死亡！想想看，你才十九岁，青春多么可爱呀！"

　　这几句话使我颤抖了好大半天。我不晓得那个十九岁的孩子后来怎样回答，我一声没出。我可是愿意说出我的愿望，尽管那个愿望是永不会实现的梦想！

（原载 1944 年 12 月《抗战文艺》第 9 卷 5、6 期）

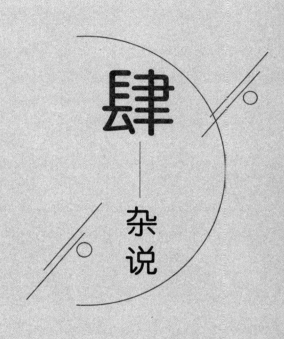

肆

杂说

檀　香　扇

　　中华民族是好是坏，一言难尽，顶好不提。我们"老"，这说着似乎不至有人挑眼，而且在事实上也许是正确的。科学家在中国不大容易找饭吃，科学家的话也每每招咱们头痛；因此，我自幸不是个科学家，也不爱说带定律味儿的话。"革命"就是"劫数"，美国总统也请人相面，说着都另有股子劲儿，和包文正《打龙袍》一样能讨咱们喜欢。谈到民族老不老的问题，自然也不便刨根问底，最好先点头咂嘴，横打鼻梁："我们老得多；你们是孙子！"于是，即使祖父被孙子揍了，到底孙子是年幼无知；爽性来个宽宏大量，连忤逆也不去告。这叫作"劲儿"。

明白这点劲儿，莫谈国事乃更见通达。

您就拿看电影说吧，总得算洋派儿。可是赶上邻座是洋人，您就觉得有点不得劲；洋派儿和洋人到底是两回事，无论您的洋服多么讲究，反正赶不上洋人地道。您有点气馁，不是不能不设法捧自己的场，于是您就那么一比较：啊，原来洋人身上，甚至于连手上，都有长长的毛；有时候洋人老太太带着小胡子嘴儿。野人。那么也就是孙子了。您吐一口气，摸摸自己的手，光润无毛，文明得厉害。

夏天到电影院去，更怕遇见"洋"她们。她们穿得很少很薄，白白的脖儿，胖胖的臂，原有个看头儿。可是您的鼻子受了委屈，香水味里裹着一股像臭豆腐加汽水的味儿，又臭又辣，使您恶心。不论好莱坞的女明星怎么美妙，您从此大概不会再想娶洋姨太太。民族老幼不可同日而语，香臭也会使人们决定"东是东，西是西"，没法儿调和，只好掩鼻而过。

"铁展"救了我一命。那天我去看《块肉余生》，左边坐着位重三百磅的洋太太，右边坐着三位洋姑娘——体重差一些，可是三位呢。左右逢源，自制的氯气阵阵加紧。我知道是要坏；

我不能堵上鼻看电影：堵得太严，满有死去的希望；不堵呢，大概比死去还难受，感谢"铁展"！我手中拿着前一天刚买来的檀香扇！看完电影，我念念有词，作了两句标语：

"老民族是香的！中华万岁！"

"檀香扇打倒帝国主义！"

载 1935 年 8 月 11 日青岛《民报》

狗之晨

　　东方既明，宇宙正在微笑，玫瑰的光吻红了东边的云。大黑在窝里伸了伸腿；似乎想起一件事，啊，也许是刚才做的那个梦；谁知道，好吧，再睡。门外有点脚步声！耳朵竖起，像雨后的两枝慈姑叶；嘴，可是，还舍不得项下那片暖，柔，有味的毛。眼睛睁开半个。听出来了，又是那个巡警，因为脚步特别笨重，闻过他的皮鞋，马粪味很大；大黑把耳朵落下去，似乎以为巡警是没有什么趣味的东西。但是，脚步到底是脚步声，还得听听；啊，走远了。算了吧，再睡。把嘴更往深里顶了顶，稍微一睁眼，只能看见自己的毛。

刚要一迷糊，哪来的一声猫叫？头马上便抬起来。在墙头上呢，一定。可是并没看到；纳闷：是那个黑白花的呢，还是那个狸子皮的？想起那狸子皮的，心中似乎不大起劲；狸子皮的抓破过大黑的鼻子；不光荣的事，少想为妙。还是那个黑白花的吧，那天不是大黑几乎把黑白花的堵在墙角吗？这么一想，喉咙立刻痒了一下，向空中叫了两声。

"安顿着，大黑！"屋中老太太这么喊。

大黑翻了翻眼珠，老太太总是不许大黑咬猫！可是不敢再作声，并且向屋子那边摇了摇尾巴。什么话呢，天天那盆热气腾腾的食是谁给大黑端来？老太太！即使她的意见不对也不能得罪她，什么话呢，大黑的灵魂是在她手里拿着呢。她不准大黑叫，大黑当然不再叫。假如不服从她，而她三天不给端那热腾腾的食来？大黑不敢再往下想了。

似乎受了刺激，再也睡不着；咬咬自己的尾巴，大概是有个狗蝇，讨厌的东西！窝里似乎不易找到尾巴，出去。在院里绕着圆圈找自己的尾巴，刚咬住，"扑棱"，又被（谁？）夺了走，再绕着圈捉。有趣，不觉得嗓子里哼出些音调。

"大黑！"

老太太真爱管闲事啊！好吧，夹起尾巴，到门洞去看看。坐在门洞，顺着门缝往外看，嗬，四眼已经出来遛早了！四眼是老朋友：那天要不幸亏是四眼，大黑一定要输给二青的！二青那小子，处处是大黑的仇敌：抢骨头，闹恋爱，处处和大黑过不去！假如那天他咬住大黑的耳朵？十分感激四眼！"四眼！"大黑热情地叫着。四眼正在墙根找到包箱似的方便所在，刚要抬腿："大黑，快来，到大院去跑一回？"

大黑焉有不同意之理，可是，门，门还关着呢！叫几声试试，也许老头就来开门。叫了几声，没用。再试试两爪，在门上抓了一回，门纹丝没动！

眼看着四眼独自向大院跑去！大黑真急了，向墙头叫了几声，虽然明知道自己没有上墙的本领。再向门外看看，四眼已经没影了。可是门外走着个叫花子，大黑借此为题，拼命地咬起来。大黑要是有个缺点，那就是好欺侮苦人。见汽车快躲，见穷人紧追，大黑几乎由习惯中形成这么两句格言。叫花子也没影了，大黑想象着狂咬一番，不如是好像不足以表示出自己的尊严，好在想象是不费什么实力的。

　　大概老头快来开门了，大黑猜摸着。这么一想，赶紧跑到后院去，以免大清早晨的就挨一顿骂。果然，刚到后院，就听见老头儿去开街门。大黑心中暗笑，觉得自己的智慧足以使生命十分有趣而平安。

　　等到老头又回到屋中，大黑轻轻地顺着墙根溜出去。出了街门，抖了抖身上的毛，向空中闻了闻，觉得精神十分焕发。然后又伸了个懒腰，就手儿在地上磨了磨脚指甲，后腿蹬起许多的土，沙沙地打在墙上，非常得意。在门前蹲坐起来，耳朵立着，坐着比站着身量高，加上两个竖立的耳朵，觉得自己很伟大而重要。

　　刚这么坐好，黄子由东边来了。黄子是这条胡同里的贵族，身量大，嘴是方的，叫的声音瓮声瓮气。大黑的耳朵渐渐往下落，心里嘀咕：是坐着不动好呢，还是向黄子摆摆尾巴好呢，还是以进为退假装怒叫两声呢？他知道黄子的厉害，同时，又要顾及自己的尊严。他微微地回了回头，噢，没关系，坐在自己家门口还有什么危险？耳朵又微微地往上立，可是其余的地方都没敢动。

黄子过来了！在离大黑不远的一个墙角闻了闻，好像并没注意大黑。大黑心中同时对自己下了两道命令："跑！""别动！"

黄子又往前凑了凑，几乎是要挨着大黑了。大黑的胸部有些颤动。可是黄子还好似没看见大黑，昂然走过去。他远了，大黑开始觉得不是味道：为什么不趁着黄子没防备好而扑过去咬他一口？十分地可耻，那样地怕黄子。大黑越想越看不起自己。为发泄心中的怒气，开始向空中瞎叫。继而一想，万一把黄子叫回来呢？登时立起来，向东走去，这样便不会和黄子走个两碰头。

大黑不像黄子那样在道路当中卷起尾巴走。而是夹着尾巴顺墙根往前溜；这样，如遇上危险，至少屁股可以拿墙做后盾，减少后方的防务。在这里就可以看出大黑并不"大"；大黑的"大"和小花的"小"，都不许十分较真的。可是他极重视这个"大"字，特别和他主人在一块的时候，主人一喊"大"黑，他便觉得自己至少有骆驼那么大，跟谁也敢拼一拼。就是主人不在眼前的时候，他也不敢承认自己是小。因为连不敢这么承认还不肯卷起尾巴走路呢；设若根本地自认渺小，那还敢出来走走吗？"大"字是他的主心骨。"大"字使他对小哈巴狗、瘦猫、叫花子，敢张口就咬；"大"字使他有时候对大狗——像黄子之类的——也敢露一露牙和嗓子眼里细叫几声；而且主人在跟前的时候"大"字使他甚至于敢和黄子干一仗，虽明知必败，而不得不这样牺牲。狗的世界是不和平的，大黑专仗着这个"大"字去欺软怕硬地享受生命。

　　大黑的长相也不漂亮，而最足自馁的是没有黄子那样的一张方嘴。狗的女性们，把吻永远白送给方嘴；大黑的小尖嘴，猛看像个籽粒不足的"老鸡头"，就是把舌头伸出多长，她们连向他笑一下都觉得有失尊严。这个，大黑在自思自叹的时候，不能不归罪于他的父母。虽然老太太常说，大黑的父亲是饭庄子的那个小驴似的老黑，他十分怀疑这个说法。况且谁是他的母亲？没人知道！大黑没有可靠的家谱做证，所以连和四眼谈话的时候，也不提家事；大黑十分伤心，更不敢照镜子；地上有汪水，他都躲开。对于大黑，顾影是不能引起自怜的。那条尾巴！

细，软，毛儿不多，偏偏很长，就是卷起来也不威武，况且卷着还很费事；老得夹着！

大黑到了大院。四眼并没在那里。大黑赶紧往四下看看，好在二青什么的全没在那里，心里安定了些。由走改为小跑，觉得痛快。好像二青也算不了什么，而且有和二青再打一架的必要。再和二青打的时候，顶好是咬住他一个地方，死不撒嘴，这样必能制胜。打倒了二青，再联络四眼战败黄子，大黑便可以称雄了。

远处有吠声，好几个狗一同叫呢。细听，有她的声音！她，小花！大黑向她伸过多少回舌头，摆过多少回尾巴；可是她，她连正眼瞧大黑一眼也不瞧！不是她的过错；战败二青和黄子，她自然会爱大黑的。大黑决定去看看，谁和小花一块唱恋歌呢。快跑。别，跑太快了，和黄子碰个头，可不得了；谨慎一些好。四六步地跑。

看见了：小花，嗬，围着七八个，哪个也比大黑个子大，声音高！无望！不便于过去。可是四眼也在那边呢；四眼敢，大黑为何不敢？可是，四眼个子也不小哇，至少四眼的尾巴卷得有个样儿。有点恨四眼，虽然是好朋友。

大黑叫开了。虽然不敢过去，可是在远处示威总比那一天到晚闷在家里的小哈巴狗强多了。那边还有个小板凳狗，安然地在家门口坐着，连叫也不敢叫；大黑的身份增高了很多，凡事就怕比较。

那群大狗打起来了。打得真厉害，啊，四眼倒在底下了。哎呀四眼；噢，活该；到底他已闻了小花一鼻子。大黑的嫉妒把友谊完全忘了。看，四眼又起来了，扑过小花去了，大黑的心差点跳出来了，自己耗着转了个圆圈。啊，好！小花极骄慢地躲开四眼。好，小花，大黑痛快极了。

那群大狗打过这边来了，大黑一边看着一边退步，心里说：别叫四眼看见，假如一被看见，他求我帮忙，可就不好办了。往后退，眼睛呆看着小花，她今天特别地骄傲，好看。大黑恨自己！退得离小板凳狗不远了，唉，拿个小东西杀杀气吧！闻了小板凳一下，小板凳跳起来，善意地向大黑腿部一扑，似乎是要和大黑玩耍玩耍。大黑更生气了：谁和你个小东西玩呢？牙露出来，耳朵也立起来示威。小板凳真不知趣：轻轻抓了地几下,腰儿塌着,尾巴卷着直摆。大黑知道这个小东西是不怕他,嘴张开了,预备咬小东西的脖子。正在这个当儿,大狗们跑过来了。小板凳看着他们,小嘴儿噘着叭叭地叫起来,毫无惧意。大黑转过身来,几乎碰着黄子的哥哥,比黄子还大,鼻子上一大道白,这白鼻梁看着就可怕!大黑深恐小板凳的吠声引起他们的注意,而把大黑给围在当中。可是他们只顾追着小花,一群野马似的跑了过去,似乎谁也没有看到大黑。大黑的耻辱算是到了家,他还不如小板凳硬气呢!

似乎得设法叫小板凳看出大黑是和那群大狗为伍的:好吧,向前赶了两步,轻轻地叫了两声,瞭了小板凳一眼,似乎是说:你看,我也是小花的情人;你,小板凳,只配在这儿坐着。

风也似的,小花在前,他们在后紧随,又回来了!躲是来不及了,大黑的左右都是方嘴——都大得出奇!他们全身没有一根毛能舒坦地贴着肉皮子,全离心离骨地立起来。他的腿好像抽出了骨头,只剩下些皮和筋,而还要立着!他的尖嘴向四围纵纵着,只露出一对大牙。他的尾巴似乎要挤进肚皮里去。他的腰躬着,可是这样缩短,还掩不住两旁的筋骨。小花,好像是故意的，挤了他一下。他一点也不觉得舒服，急忙往后退。后腿碰着四眼的头。四眼并没招呼他。

一阵风似的，他们又跑远了。大黑啰唆着把牙收回嘴中去，把腰平伸了伸，开始往家跑。后面小板凳追上来，一劲叭叭地叫。大黑回头龇了龇牙：干吗呀，你！似乎是说。

回到家中，看了看盆里，老太太还没把食端来。倒在台阶上，舐着腿上的毛。

"一边去！好狗不挡道，待在台阶上趴着！"老太太喊。

翻了翻白眼，到墙根去卧着。心中安定了，开始设想：假如方才不害怕，他们也未必把我怎样了吧！后悔：小花挤了我一下，假使乘那个机会……决定不行，决定不行！那个小板凳！焉知小板凳不是个女性呢，竟自忘了看！谁和小板凳讲交情呢！

门外有人拍门。大黑立刻精神起来，等着老太太叫大黑。

"大黑！"

大黑立刻叫起来，往下扑着叫，觉得自己十二分的重要威严。老太太去看门，大黑跟着，拼命地叫。

送信的。大黑在老太太脚前扑着往外咬。邮差安然不动。

老太太踢了大黑一腿："怎这么讨厌，一边去！"

大黑不敢再叫，随着老太太进来，依旧卧在墙根。肚中发空，眼瞭着食盆，把一切都忘了，好像大黑的生命存在与否只看那个黑盆里冒热气不冒！

载 1933 年 1 月 24 日至 2 月 2 日《益世报》

鬼　与　狐

　　我所见过的鬼都是鼻眼俱全，带着腿儿，白天在街上溜达的。夜间出来活动的鬼，还未曾遇到过；不是他们的过错，而是因为我不敢走黑道儿。平均地说，我总是晚上九点后十点前睡觉，鬼们还未曾出来；一睁眼就又天亮了。据说鬼们是在鸡鸣以前回家休息的。所以我老与鬼们两不照面，向无交往。即使有时候鬼在半夜趴着窗户看看我，我向来是睡得如死狗一般，大概他们也不大好意思惊动我。据我推测，鬼的拿手戏是吓唬人，那么，我夜间不醒，他也就没办法。就是他想一口冷气把我吹死，到底未能先使我的头发立起如刺猬的样子，他大概是不会过瘾的。

假若黑夜的鬼可以躲避，白天的鬼倒真没法儿防备。我不能白天也老睡觉。只要我一上街，总得遇上他。有时候在家中静坐，他会找上门来。夜里的鬼并不这样讨人嫌。还有呢，夜间的鬼有种种奇装异服与怪脸面，使人一见就知道鬼来了，如披散着头发，吐着舌头，走道儿没声音，驾着阴风，等等。这些特异的标志使人先有个准备，能打呢就和他开仗，如若个子太高或样子太可怕呢，咱就给他表演个二百米或一英里竞走，虽然他也许打破我的纪录，而跑到前面去，可是到底我有个希望。白天的鬼，哼，比夜间的要厉害着多少倍，简直不知多少倍。第一，他不吐舌头，也不打旋风；他只在你不留神的时候，脚底下一绊，你准得躺下。他的样子一点也不见得比我难看，十之八九是胖胖的，一肚子鬼胎。他要能吓唬你，自然是见面就"虎"一气了；可是一般地说，他不"虎"，而是嬉皮笑脸地讨人喜欢。等你中了他的计策之后，你才觉出他比棺材板还硬还凉。他与夜鬼的分别是这样：夜鬼拿人当人待，他至多不过希望拉个替身；白日鬼根本不拿人当人，你只是他的诡计中的一个环节，你永远逃不出他的圈儿。夜鬼大概多少有点委屈，所以白脸红舌头地出出恶气，这情有可原。白日鬼什么委屈也没有，他干脆要占别人的便宜。夜鬼不讲什么道德，因为他晓得自己是鬼；白日鬼很讲道德，嘴里讲，心里是男盗女娼一应俱全。更厉害的是他比夜鬼的心眼多，他知道怎样有组织，用大家的势力摆下迷魂大阵，把他所要收拾的一一地捉进阵去。在夜鬼的历史里，很少有大头鬼、吊死鬼等联合起来做大规模运动的。白日鬼可就两样了，他们永远有团体，有计划，使你躲开这个，躲不开那个，早晚得落在他们的手中。夜鬼因为势单力孤，他知道怎样不专凭势力，而有时也去找个清官，如包老爷之流，诉诉委屈，而从法律上雪冤报仇。白日鬼不讲这一套，世上的包老爷多数死在他们的手里，更不用说别人了。这种鬼的存在似乎专为害人，就是害不死人，也把人气死。他们什么也晓得，只是不晓得怎样不讨厌。他们的心眼很复杂，很快，很柔软——像块皮糖似的怎揉怎合适，怎方便怎去。他们没有半点火气，地道的纯阴，心凉得像块冰似的，口中叼着大吕宋烟。

这种无处无时不讨厌的鬼似乎该有个名称，我想"不知死的鬼"就很恰当。这种鬼虽具有人形，而心肺则似乎不与人心人肺的标本一样。他在顶小的利益上看出天大的甜头，在极黑暗的地方看出美，找到享乐。他吃，他唱，他交媾，他不知道死。这种玩意儿把世界弄成了鬼的世界，有地狱的黑暗，而无其严肃。

鬼之外，应当说到狐。在狐的历史里，似乎女权很高，千年白狐总是变成娇艳的小娘子——可惜就是有时候露出点小尾巴。虽然有时候狐也变成白发老翁，可是究竟是老翁，少壮的男狐精就不大听说。因此，鬼若是可怕，狐便可怕而又可喜，往往使人舍不得她。她浪漫。

因为浪漫，狐似乎有点傻气，至少比"不知死的鬼"傻多了。修炼了千年或更长的时间才能化为人形，不刻苦地继续下功夫，却偏偏为爱情而牺牲，以致被张天师的掌手雷打个粉碎，其愚不可及也。况且所爱的往往不是有汽车高楼的痴胖子，而是风流年少的穷书生，这太不上算了，要按着世上女鬼的逻辑说。

狐的手段也不高明。对于得罪他们的人，只会给饭锅里扔把沙子，或把茶壶茶碗放到厕所里去。这种办法太幼稚，只能恼人而不叫人真怕他们。于是人们请来高僧或捉妖的老道，门前挂上符咒，老少狐仙便即刻搬家。在这一点上，狐远不及鬼，尤其不及白日的鬼。鬼会在半夜三更叫唤几声，就把人吓得藏在被窝里出白毛汗，至少得烧点纸钱安慰安慰冤魂。至于那白日鬼就更厉害了，他会不动声色，跟你一块吃喝的工夫，把你送到阴间去，到了阴间你还不知道是怎么回事呢。

　　我以为说鬼与狐的故事与文艺大概多数的是为造成一种恐怖，故意地供给一种人为的哆嗦，好使心中空洞的人有些一想就颤抖的东西——神经的冷水浴。在这个目的以外，也许还有时候含着点教训，如鬼狐的报恩等。不论是怎样吧，写这样故事的人大概都是为避免着人事，因为人事中的阴险诡诈远非鬼所能及；鬼的能力与心计太有限了，所以鬼事倒比较容易写一些。至于鬼狐报恩一类的事，也许是求之人世而不可得，乃转而求诸鬼狐吧。

原载 1936 年 7 月 1 日《论语》第九十一期

有钱最好

　　既是苦命人，到处都得受罪。穷大奶奶逛青岛，受洋罪；我也正受着这种洋罪。

　　青岛的青山绿水是给诗人预备的，我不是诗人。青岛的洋楼汽车是给阔人预备的，我有时候袋里剩三个子儿。享受既然无缘，只好放在一边，单表受罪。

　　第一先得说房。大小不拘，这里的房全是洋式。由房东那方面看，租钱不算多；由住房儿的看，像我这样的人，简直一月月地干给房钱赶网。吃也不算贵，喝也不算贵；房没有贱的。房既然贵，自然住不起一整所儿，所以大多数的楼房是分租，一层儿两三间房租给一家。住楼上的呢，得上下跑腿；而且费煤，因为高处得风，墙又不厚。住楼下的，自然省了脚，也比较暖一点，可是乐不抵苦。您别看大家都洋服嘟儿的，讲到公德心，青岛的人并不比别处的文明，楼的建筑根本是二五八，楼板也就是一寸来厚，而楼上的人们，绝不会想到楼下还有人。希望大家铺地毯，未免所求过奢；能垫上点席子的便很难得。要赶上楼上有那么七八个孩子，那就蛤蟆垫桌腿儿，死挨。人家能把楼板跺得老忽闪忽闪地动，时时有塌下来的可能。自然没人能管住小孩不走不跳，可是能够做到的也没人做。比如说椅子腿上包点布，或者不准小孩拉椅子，这很容易办吧？哼，没那回事。你莫名其妙楼上怎会有那么多椅子，更不知道为什么老在那儿拉。你晓得楼上拉椅子多么难听，它钻脑子，叫人想马上自杀。可是谁叫你住楼下呢！你趁早不用去请求，住楼上的理直气壮。"哟，我们的孩子会闹？那可奇怪！拉椅子？我们的小孩可就是喜欢拉椅子玩。在楼上踢毽？可不是，小孩还能不玩？"楼上的人都这么和气而且近情近理。你只有一条路，搬家。

　　搬吧，都调查好了，同楼的小孩少，大人也规矩，你很喜欢。

搬过去一看，院里有八条狗！青岛是带洋派的地方，讲究养狗。可是养狗的人想不起去遛遛它们，狗屎全摆在院中。狗名儿都是洋的，什么济美、什么邦走；敢情洋名的狗拉洋屎，也是臭的。济美们还叫呢，要赶上你要睡会儿觉，或是孩子刚睡着，人家才叫得凶呢。

还得搬哪！这回可好，没有小孩，也没有狗。早晨七点来钟，人家唱上了。青岛的京戏最时兴。早晨唱过了，那敢情不过是喊喊嗓子。大轴子是在晚上，胡琴拉着，生末净旦丑俱全，唱开了没头儿。唱得好听的自然不是没有哇；叫人想自杀的也不少。你怎么办？还得搬家。

搬一回家，要安一回灯，挂一回帘子；洋房嘛。搬一回家，要到公司报一回灯，报一回水，洋派嘛；搬一回家，要损失一些东西，损失一些钱，洋罪嘛。

好房子有哇，也得住得起呀。算了吧，房子够了。

带洋字的，还就是洋车好，干净，雨布风帘也齐全；可就是贵。一上车就是一毛钱，稍微远那么一点就得两毛。我的办法是不坐。这有点对不起"车友"们，可是有什么办法呢？自行车也不好骑，净是山路，坡得要命。最好是坐汽车，其次就是走，据我看。汽车呢，连那个喇叭咱也买不起；即使勉强地买个喇叭，不是还得自己走路；干脆，咱走就是了。青岛的空气却是不坏，可惜脚受点委屈！

关于食，没有什么可说的。饭馆子不少，中菜西菜都有。价钱都可以的。所以咱还是消极抵抗，不吃。自己家里做菜倒不贵，鱼虾现成，而且新鲜。别的肉类菜蔬也说不上贵来；吃饱了拉倒，这倒好办。馋了呢？活该！

穿，随便。青年人多数穿洋服，也很有些穿得很讲究的。咱向来不讲究穿，给它个不在乎。这占了已结婚的便宜。设若正在"追求"期间，我想我也得多一份洋罪。不穿洋服，可是我天天刮胡子，这一来是耍洋派，二来表示我并不完全不怕太太。完全不怕太太的人不易发财，真的！

说到了玩，此地没有什么游艺场。此地根本是个避暑的所在，成年价在这儿住，当然是别扭。京戏偶尔来几个名角，戏价总要两三块，咱犯不上去。平日呢，老有蹦蹦戏，听着又不过瘾。电影院有几处，夏天才来好片子；冬天只是对付事儿，我假装地避宿，赶到惊蛰再去，也还不迟。公园真好，道路真好，海岸真好，遇上晴天我便去走，既不用花钱，而且接近了自然。在别方面受的罪，由这个享受补过来，这叫作穷欢喜。

总起来说，青岛不是个坏地方，官员们也真卖力气建设。所谓洋罪，是我的毛病，穷。假若我一旦发了财，我必定很喜欢这里。等着吧，反正咱不能穷一辈子。

载 1935 年 3 月 1 日《论语》第 60 期

致女友××函

××女士：

假如你也应当关心国事——噢，我的姊妹！你怎么应当不关心呢？我们多少多少英勇的男儿已把血流在战场上，但是我知道他们是死而无怨的，因为他们一向就以舍身报国为志愿与光荣，他们死在战地正是了却生平的心愿，而且激动了别个男儿的雄心壮气。再说，他们并非白白死掉，而是也曾把自己的枪弹与大刀放在敌人身上过，他们死得壮烈，死得不委屈不窝囊。反过来再看看我们的女人呢，男女虽系平等，可是在冲锋陷阵的事业上，女子究竟须让男子一步；在现在的情形下，简直可以说女子还没有参战的能力，虽然军队中已有了一些女兵也是不可磨灭的事实。这就是说，男儿战死，正是求仁得仁，而女子被杀，未免冤枉。

可是，暴敌所至，不但杀戮了女人，而且是侮辱过后，轮奸完了，才结果了性命——到这时，还不如痛痛快快地杀死，而是想入非非地折磨，割下乳房，剁下双足，或把木棒塞入阴处。暴敌是要看着妇女——我们的姊妹呀！一把血一滴滴地流尽，受尽苦痛而后声断气绝，姊妹们呀，你们没有枪刀，不是武士，为什么受了这么大的侮辱与苦痛呢？

敌人这种暴行是人类的羞耻。同时，我们若不报仇，我们便是承认了野兽可以在我们这里横行，我们也便没了人味。

假如你也应当关心国事——我又用了这不该用的"假如"！这是不该用的，女子不是比男子更心软，更同情，更富于情感的吗？那么，你既知道成千论万的女同胞们受了那样的苦楚，遭遇了那样的奸劫，你能无动于衷，或付之一笑吗？不能吧？

然而，我看见了你。你的头发烫得还是那么讲究，你的脸上还擦着香粉与胭脂，你的衣服还是非常地华丽。这你还不该原谅我用那个"假如"吗？

这么说吧，比如你的亲近的人死去，你还有心去修饰打扮吗？当然不会。你的哀痛会使你的态度严肃起来，无论如何你也不肯再画眉敷粉，以彰显你的美妙。

哼！现在有多少多少姊妹遭受了最大的苦痛，而且这苦痛未必就不来到你身上，可是你并不严肃，这表明你既没关心她们，也没为你自己打算；假如吗？哼，你是的的确确地未曾关心国事！你若是满腔义愤，你还肯擦胭脂吗？

自然，你可以说：修饰无碍于爱国，粉面下自有热血呀！可是，烫头发费去的时间——不是得用两个钟头吗？——绝不会还用在救国的工作上；买脂粉的金钱绝不会再献给国家。你的时间与金钱只花在了你自己的身上。白花，我老实不客气地讲，这是白花！想想看，五分之一的国土已被敌人占去，百万的军民已被敌人杀戮，你美，给谁看呢？娇美的小姐，在这时候，是最丑陋的！你丽装过市，英武的军人、受伤的士卒、流离的难民和稍有心肝的人，都向你致敬吗？他们，对你是嗤之以鼻呀！他们的心是忧国思家，他们佩服为国牺牲的英雄，英雄不必美丽漂亮。看见你，他们觉得失望，觉得不平，甚至于感到一种侮辱——国破家亡，应有同感，而你却是个例外，别具心肠！你自己想想看吧！

是呀，你还可以说：我没有事可做呀，为什么不把自己打扮得齐齐整整呢？平日就是这样，今天自然还是这样。啊，我的朋友，你又说漏了！怎么没事可做呢？在家里，不必出门，都能有事做。给医院里折折纱布，团团棉花，是工作。给伤兵缝缝衣服，织补袜子，也是工作。谁都能做，做出来都有益处。自前线至最后的后方，全面抗战，到处是工作网。没有事做？对着镜子，斟酌眉的短长深浅；或到戏园去，看别人的装束，以证自己的漂亮合时，便绝不会严肃。因为不严肃，所以不会关心国事，也就想不出事做。你可曾看见一位以吃喝玩乐为事的将军，能打胜仗？你可曾看见一位浪漫漂亮的写家，会大量地产生抗战文艺？生活的严肃，是爱国心理的表现，肯脱去高跟鞋的才是有肯跑路的预备，你再想想看。

你的思想很前进。你可以这样说，谁会相信于你呢？救国的事情是心与身并用的。坐在舞厅中讲思想，除了自慰，还有什么呢？设若将领们都到香港去谈战法，而把战场上的事全交与士卒，你看，那能打胜仗吗？民族危亡，我们的思想是要通过热情而现诸事实的。闲着两手的，便是无心，而脑子也会随着空了的。

我知道，这封信写得过长了，也太直爽了。可是，我将永不后悔，即使是深深地得罪了你。我以你作亲姊妹看待，我愿你为我们的受难女同胞们雪耻复仇。中华的儿女，在今日，都当把救国与服务作为摩登的标志，正像你平日以染红指甲，露出半臂，引为漂亮人时那样。不要以事小而不为，不要以受苦为耻辱。你要证明你是好样的女儿，在危患中证明你是个不甘屈服的志士。祝吉！

老 舍

原载 1938 年 4 月 10 日《弹花》第 1 卷第 2 期

相　　片

在今日的文化里，相片的重要几乎胜过了音乐、图画与雕刻等。在一个摩登的家庭里，没有留声机，没有名人字画，没有石的或铜的刻像，似乎还可以下得去；设若没几张相片，或一二相片本子，简直没法活下去！不用说是一个家庭；就是铺户、旅馆、火车站、学生宿舍，没有相片就都不像一回事。电车上"谨防扒手"的下面要是没有几片四寸的半身照相，就一定显着空洞。水手们身上要是不带着几张最写实不过的妖精打架二寸艺术照相，恐怕海上的生活就要加倍难堪了。想想看，一个设备很完全的学校，而没有年刊或同学录，一个政府机关里而没有些张窄长的这个全体与那个周年的相片！至于报纸与杂志，哼，就是把高尔基的相片注为托尔斯泰的，也比空空如也强！投考、领护照、订婚、结婚、拜盟兄弟，哪一样可以没有相片？即使你天生来的反对照相，你也得去照；不然，你就连学校也不要入，连太太也不用娶，你趁早儿不用犯这个牛脖子——"请笑一点"，你笑就是了。儿童、妇女、国货、航空，都有"年"。年，究竟是年，今年甲子，明年乙丑，过去就完事；至于照相，这个世纪整个的是"照相世纪"；想想，你逃得出去吗？

还是先说家庭吧。比如你的屋中挂着名家的字画，还有些古玩，雅是雅了，可是第一你就得防贼，门上加双锁，窗上加铁栅，连这样，夜间有个风吹草动，你还得咳嗽几声；设若是明火，进来十几位蒙面的好汉，大概你连咳嗽也不敢了。这何苦呢？相片就没这种危险，谁也不会把你父亲的相偷去当他的爸爸，这不是实话吗？

就满打没这个危险，艺术作品或古玩也远不及相片的亲切与雅俗共赏。一张名画，在普通的人眼中还不如理发馆壁上所悬的"五福临门"，而你的朋友亲戚不见得没有普通人。你夸奖你的名画，他说看不上眼，岂不就得打吵子？相片人人能看得懂，而且就是照得不见佳也会有人夸好。比如令尊的相片加了漆金框悬在墙上，多么笨的人也不会当着你的面儿说："令尊这个相还不如五福临门好看！"绝对不会。即使那个相真不好看，人家也得说："老爷子福相，福相！"至不济，也会夸奖句："框子配得真好！"

以此类推，尊家自己，尊夫人，令郎令媛，都有相片，都能得到好评，这够多么快活呢？！况且相片遮丑，尊家面上的麻子与尊夫人脸上的小沙漠似的雀斑，都不至于照上；你自己看着起劲，朋友们也不必会问："照片上怎么忘掉你的麻子？"站在一张图画前面，不管懂与否，谁都想批评批评，为表示自己高明，当着一个人，谁也不愿对他的面貌发表意见；看相片也是如此。

有相片就有话说，不至于宾主对愣着。

"这是大少爷吧？"

"可不是！上美国读书去了。"

"近来有信吧？"

打这儿，就由大少爷谈到美国，又由美国谈回来，碰巧了就二反投唐再谈回美国去，话是越说越多，而且可以指点着相片而谈，有诗为证：句句是真，交情乃厚。

最好是有一两相片本子。提到大少爷，马上拿出本子来：

"这是他满月时候照的，他生在福州，那时先严正在福州做官。"话又远去了，足够写三四本书的。假若没有这可宝贵的本子，你怎好意思突乎其来地说：先严在福州做过官？而使朋友吓一跳，当是你的脑子有毛病。

遇上两位话不投缘，而屡有冲突起来的危险的客人，相片本子——顶好是有两本——真是无价之宝。一看两位的眼神不对，你应当很自然地一人递给一本。他们正在，比如说，为袁世凯是否伟人而要瞪眼的时候，你把大少爷生在福州和二小姐已经订婚的照片翻开，指示给他们。他们一个看福州生的胖小子，一个看将要成为新娘子的二小姐，自然思想换了地方，一个问你一套话，而袁世凯或者不成为问题了。要不然，这个有很大的危险。假若你没有相片本子，而二位抓住袁世凯不撒手，尔要往折中里一说，说二位各有各的理，他们一定都冲着你来了；寡不敌众，你没调停好，还弄一鼻子灰。你要是向着一边说话，不用说，那就非得罪另一边不可，也许因此而飞起茶碗——在你家里，茶碗自然是你的。你要是一声不出，听着他们吵，赶到彼此已说无可说而又不想打架的时候，他们就会都抱怨你不像个朋友。你若是不分青红皂白而把客人一齐逐出去，那就更糟，他们也许在你的门口吵嚷一阵，而同声地骂你不懂交情。总之，你非预备两个本子不可！

赶到朋友多的时候，你只有一张嘴，无论如何也应酬不过来，相片本子可以替你招待客人。找那不爱说话的和那顶爱说话的，把本子送过去；那位一声不出的可以不至死板板地坐在那里，那位包办说话的也不好再转着弯儿接四面八方的话。把这两极端安置好，你便可以从容对付那些中庸的客人了。这比茶点果子都更有效。爱说话的人，宁可牺牲了点心，也不放弃说话。至于茶，就更不当事；爱说话的人会一劲儿地说，直等茶凉了，一口灌下去，赶紧接着再说。果子也不行，有人不喜欢吃凉的，让到了他，他还许摆出些谱儿来："一向不大动凉的，不过偶尔地吃一个半个的，假如有玫瑰香葡萄之类！"你听，他是挖苦你没预备好果子。相片本子既比茶点省钱，又不至被人拒绝，大概谁也不会说："一向讨厌看相片！"

相片里有许多人生的姿体，打开一本照相，你可以有许多带着感情的话。假若你现在的事由不如从前了，看看相片，你可以对友人说："这是前十年的了，那时候还不像这么狼狈！"这种牢骚是哀而不伤的，因为现在狼狈，并不能抹杀过去的光荣，回忆永是甜美的，对于兄弟儿女，都能起这种柔善的感情："看，这是当年的老六，多么体面，谁能想到他会……"你虽然依旧恨着老六，可是看着当年的照片，你到底想要原谅他。看着相片说些富有感情的话，你自己痛快，别人听着也够味儿。设若你会作诗的话，顶好在相片边题上些小诗，就更见出人生的味道。

不过，有些相片是不好摆进本子去的，你应当留神。歪戴帽或弄鬼脸的，甚至于扮成十三妹的相片，都可以贴上，因为这足以表示你颇天真，虽然你在平日是个完全的君子人，可是心田活泼泼的，也能像孩子般的淘气，这更见英雄的本色。至于背着尊夫人所接到的女友小照，似乎就不必公开地展览。爽直是可贵的，可是也得有个分寸。这个，你自然晓得；不过，我更嘱咐你一句：这类的相片就是藏起来也得要十分地严密，太太们对这种玩意儿是特别注意的。

载 1936 年 9 月《逸经》第 13 期

婆 婆 话

　　一位友人从远道而来看我，已七八年没见面，所以谈起来非常高兴。一来二去，我问他有了几个小孩？他连连摇头，答以尚未有妻。他已三十五六，还做光棍儿，倒也有些意思；引起我的话来，大致如下：

　　我结婚也不算早，做新郎时已三十四岁了。为什么不肯早些办这桩事呢？最大的原因是自己挣钱不多，而负担很大，所以不愿再套上一份麻烦，做双重的马牛。人生本来是非马即牛，不管是贵是贱，谁也逃不出衣食住行与那油盐酱醋。不过，牛马之中也有些性子刚硬的，挨了一鞭，也敢回敬一个别扭。合则留，不合则去，我不能在以劳力换金钱之外，还赔上狗事巴结人，由马牛降作走狗。这么一来，随时有卷起铺盖滚蛋的可能，也就得有些准备：积极的是储蓄俩钱，以备长期抵抗；消极的是即使挨饿，独身一个总不致灾情扩大。所以我不肯结婚。卖国贼很可以是慈父良夫，错处是只尽了家庭中的责任，而忘了社会国家。我的不婚，越想越有理。

及至过了三十而立，虽有桌椅板凳亦不敢坐，时觉四顾茫然。第一个是老母亲的劝告，虽然不明说："为了养活我，你牺牲了自己，我是怎样地难过！"可是再说硬话实在使老人难堪；只好告诉母亲：不久即有好消息。君子一言，驷马难追；一透口话，就满城风雨。朋友们不论老少男女，立刻都觉得有做媒的资格，而且说得也确是近情近理；平日真没想到他们能如此高明。最普遍而且最动听的——不晓得他们都是从哪儿学来的这一套？——是：老光棍儿正如老姑娘。独居惯了就慢慢养成绝户脾气——万要不得的脾气！一个人，他们说，总得活泼泼的，各尽所长，快活地忙一辈子。因不婚而弄得脾气古怪，自己苦恼，大家不痛快，这是何苦？这个，的确足以打动一个卅多岁，对世事有些经验的人！即使我不希望升官发财，我也不甘成为一个老别扭鬼。

那么经济问题呢？我问他们。我以为这必能问住他们，因为他们必不会因为怕我成了老绝户而愿每月津贴我多少钱。哼，他们的话更多了。第一，两个人的花销不必比一个人多到哪里去；第二，即使多花一些，可是苦乐相抵，也不算吃亏；第三，找位能挣些钱的女子，共同合作，也许从此就富裕起来；第四，就说她不能挣钱，而且多花一些，人生本来是经验与努力，不能永远消极地防备，而当努力前进。

说到这里，他们不管我相信这些与否，马上就给我介绍女友了。仿佛是我决不会去自己找到似的。可是，他们又有文章。恋爱本无须找人帮忙，他们晓得；不过，在恋爱期间，理智往往弱于感情；一旦造成了将错就错的局面，必会将恩作怨，糟糕到底。反之，经友人介绍，旁观者清，即使未必准是半斤八两，到底是过了磅的有个准数。多一番理智的考核，便少一些感情的瞎碰。双方既都到了男大当娶、女大当聘之年，而且都愿结婚，一经介绍，必定郑重其事地为结婚而结婚，不是过过恋爱的瘾，况且结婚就是结婚；所谓同居，所谓试婚，所谓解决性欲问题，原来都是这一套。同居而不婚，也得两人吃饭，也得生儿养女；并不因为思想高明，而可以专接吻，不用吃饭！

我没了办法。你一言，我一语，说得我心中闹得慌。似乎只有结婚才能心静，别无办法。于是我就结了婚。

到如今，结婚已有五年，有了一儿一女。把五年的经验和婚前所听到的理论相证，倒也怪有个味儿。

第一该说脾气。不错，朋友们说对了：有了家，脾气确是柔和了一些。我必定得说，这是结婚的好处。打算平安地过活必须采纳对方的意见，阳纲或阴纲独振全得出毛病；男女同居，根本需要民治精神，独裁必引起革命；努力于此种革命并不足以升官发财，而打得头破血出倒颇悲壮而泄气。彼此非纳着点气儿不可，久而久之都感到精神的胜利，凡事可以和平解决，夫妻俱可成圣矣。

这个，可并不能完全打倒我在婚前的主张：独身气壮，天不怕地不怕；结婚气馁，该瞅着的就得低头。我的顾虑一点不算多此一举。结了婚，脾气确是柔和了，心气可也跟着软下来。

为两个人打算，绝不会像一人吃饱天下太平那么干脆。于是该将就者便须将就，不便挺起胸来大吹浩然之气，恋爱可以自由，结婚无自由。

朋友们说对了。我也并没说错。这个，请老兄自己去判断，假如你想结婚的话。

第二该说经济。现在，如果再有人对我说，两人花钱不见得比一人多，我一定毫不迟疑地敬他一个嘴巴子。两人是两人，多数加 S，钱也得随着加 S。是的，太太可以去挣钱，两人比一人挣得多；可是花得也多呀。公园、电影场，绝不会有"太太免票"的办法，别的就不用说了。及至有了小孩，简直地就不能再有什么预算决算，小孩比皇上还会花钱。太太的事不能再做，顾了挣钱就顾不了小孩，因挣钱而把小孩养坏，照样地不上算；好，太太专看小孩，老爷专去挣钱，小孩专管花钱，不破产者鲜矣。

自然小孩会带来许多快乐，做了父母的夫妻特别地能彼此原谅，而小胖孩子又是那么天真可爱。单单地伸出一个胖手指已足使人笑上半天。可是，小胖子可别生病；一生病，爸的表、娘的戒指，全得暂入当铺，而且昼夜吃不好，睡不安，不亚于国难当前。割割扁桃体，得一百块！幸亏正是扁桃体，这要是整个的圆桃，说不定就得上万！以我自己说，我对儿女总算不肯溺爱，可是只就医药费一项来说，已经使我的肩背又弯了许多。有病难道不给治吗？小孩真是金子堆成的。这还没提到将来的教育费——谁敢去想，闭着眼瞎混吧！

有人会说喽，结婚之后顶好不要小孩呀。不用听那一套。我看见不少了，夫妻因为没有小孩而感情越来越坏，甚至去抱来个娃娃，暂时敷衍一下。有小孩才像家庭；不然，家庭便和旅馆一样。要有小孩，还是早些有的为是。一来，妇女岁数稍大，生产就更多危险；二来，早些有子女，虽然花费很多，可是多少能早些有个打算，即使计划不能实现，究竟想有个准备；一想到将来，便想到子女，多少心中要思索一番，对于做事花钱就不能不小心。这样，夫妇自自然然地会老成一些了，要按着老法子说呢，父母养活子女，赶到子女长大便倒过头来养活父母。假如此法还能适用，那么早有小孩，更为上算。假如父亲在四十岁上才有了儿子，儿子到二十的时候，父亲已经六十了；

说不定，也许活不到六十的；即使儿子应用古法，想养活父亲，而父亲已入了棺材，哪能喝酒吃饭？

这个，朋友，假若你想结婚的话，又该去思索一番。娶妻须花钱，生儿养女须花钱，负担日大，肩背日弯，好不伤心；同时，结婚有益，有子也有乐趣，即使乐不抵苦，可是生命至少不显着空虚。如何之处，统希鉴裁！

至于娶什么样的太太，问题太大，一言难尽。不过，我看出这么点来：美不是一切。太太不是图画与雕刻，可以用审美的态度去鉴赏。人的美还有品德体格的成分在内。健壮比美更重要。一位爱生病的太太不大容易使家庭快乐可爱。学问也不是顶要紧的，因为有钱可以自己立个图书馆，何必一定等太太来丰富你的或任何人的学问？据我看，结婚是关系于人生的根本问题的；即使高调很受听，可是我不能不本着良心说话，吃、喝、性欲、繁殖，结婚问题比什么理想与学问也更要紧。我并不是说妇人应当只管洗衣做饭抱孩子，不应读书做事。我是说，既来到婚姻问题上，既来到家庭快乐上，就趁早不必唱高调，说那些闲盘儿。这是个实际问题，是解决生命的根源上的几项问题，那么，说真实的吧，不必弄一套之乎者也。一个美的摆设，正如一个有学问的摆设，都是很好的摆设，可是未见得是位好的太太。假若你是富家翁呢，那就随便地弄什么摆设也好。不幸，你只是个普通的人，那么，一个会操持家务的太太实在是必要的。假如说吧，你娶了一位哲学博士，长得也顶美，可是一进厨房便觉恶心，夜里和你讨论康德的哲学，力主生育节制，即使有了小孩也不会抱着，你怎么办？听我的话，要娶，就娶个能做贤妻良母的。尽管大家高喊打倒贤妻良母主义，你的快乐你知道。这并不完全是自私，因为一位不希望做贤妻良母的满可以不嫁而专为社会服务呀。假如一位反抗贤妻良母的而又偏偏去嫁人，嫁了人又连自己的袜子都不会或不肯洗，那才是自私呢。不想结婚，好，什么主义也可以喊；既要结婚，须承认这是个实际问题，不必弄玄虚。夫妻怎不可以谈学问呢；可是有了五个小孩，欠着五百元债，明天的房钱还没指望，要能谈学问才怪！两个帮手，彼此帮忙，是上等婚姻。

　　有人根本不承认家庭为合理的组织，于是结婚也就成为可笑之举。这，另有说法，不是咱们所要谈的。咱们谈的是结婚与组织家庭，那么，这套婆婆话也许有一点点用，多少的备你参考吧。

载 1936 年 9 月 5 日《中流》第 1 卷第 1 期

歇　夏

　　马国亮先生在这个月（六月）里写给我两封信。"文人相重"，我必须说他的信实在写得好：文好，字好，信纸也好，可是，这是附带的话；正文是这么回事：第一封信，他问我的小说写得怎样了。说起来话长，我在去年春天就向赵家璧先生透了个口话，说我要写一部长篇小说，内中的主角儿是两位镖客，行侠作义，替天行道，十八般武艺件件精通，可是到末了都死在手枪之下。我的意思是说时代变了，单刀赴会，杀人放火，手持板斧把梁山上，都已不时兴；二大刀必须让给手枪，而飞机轰炸城池，炮舰封锁海口，才够得上摩登味儿。这篇小说，假如能写成了的话，一方面是说武侠与大刀早该一齐埋在坟里，另一方面是说代替武侠与大刀的诸般玩意儿不过是加大的杀人放火，所谓鸟枪换炮者是也，只显出人类的愚蠢。

春天过去，接着就是夏天，我到上海走了一遭，见着了赵先生。他很愿意把这本东西放在《良友丛书》里。由上海回来，我就开始写，在去年寒假中，写成了五六千字。这五六千字中没有几个体面的，开学以后没工夫续着写，就把它放在一边。大概是今年春天吧，我在一本刊物上看到一个短篇小说，所写的事儿与我想到的很相近。大家往往思想到同样的事，这本不出奇，可是我不愿再写了。一来是那写成的几千字根本不好，二来是别人写过的，虽然还可以再写，可是究竟差着点劲儿，三来是我想在夏天休息休息。

马先生所问的小说，便是指此而言。我写去回信，说今夏休息，打退堂鼓。过了几天，他的第二封信来到，还是文好，字好，信纸也好；还是"文人相重"。这封信里，他允许，并且夸奖我应当休息，可是在休息之前必须给良友写一个短篇。

短篇？也不能写！说起来话就又长了。在春间我还答应下给别的朋友写些故事呢——这都得在暑假里写，因为平日找不到"整"工夫。既然决定休息，那么不写就都不写，不能有偏向。况且我不愿，也不应当，向自己失信，怎么说呢，这才到了我的正题。请往下看：

我最爱写作，一半是为挣钱，一半因为有瘾。我乃性急之人，办事与洗澡具同一风格，稀里哗啦一大回，永不慢腾腾地，对于作文，也讲快当；但作文到底不是洗澡，虽然回回满头大汗，可是不见得能回回写得痛快淋漓。只有在这种时候，就是写完一篇或一段而觉得不满意的时候，我才有耐心，修改，或甚至从头另写。此耐心是出于有瘾。

大概有八年了吧，暑假没休息过，一年之中，只有暑假是写东西的好时候，可以一气写下十几万字。暑天自然是很热了，我不怕；天热，我的心更热，老天爷也得被我战败，因为我有瘾呀。

自幼我的身体就很弱，这个瘾自然不会使身体强壮起来。胃病、肺病、头痛、肚痛，什么病都闹过。单就肺病来说，我曾患到第七八期。过犹不及，没吃药，没休息它自己好了。胃病也很厉害，据一位不要我的诊金的医生说，我的胃已掉下一大块去。我慌了！要是老这么往下坠，说不定有朝一日胃会由腹中掉出去的，非吃药不可了。而药也真灵，喝了一瓶，胃居然又回到原来的位置，像气球往上升似的，我觉得。

虽然闹过这些病，我可是没死过一回。这个，又不能不说是"写瘾"的好处了。写作使我胃弱，心跳，头痛；同时也使我小心。该睡就去睡，该运动就去运动；吃喝起卧差不多都有规律。于是虽病而不至于死；就是不幸而死，也是卫生的。真的，为满足这个瘾，我一点也不敢大意，绝不敢去瞎胡闹，虽然不是不想去瞎胡闹。因此，身体虽弱，可是心中有个老底儿——我的八字儿好，不至于短命。我维持住了生活的平衡：弱而不至做不了事，病而不至出大危险，如薄云掩月，不明亦不极暗。就是在这种境界中，八年来在做事之外还写了不少的东西！好也罢，歹也罢，总算过了瘾。

近来我吃饭很香，走路很有劲，睡得也很实在；可是有一样，我写不上劲儿来。莫非八期肺病又回来了？不能吧：吃得香，睡得好，说话有力，怎能是肺病呢？！大概是疲乏了；就是头驴吧，八年不歇着，不是也得出毛病吗？好吧，今年愣歇它一回，何必一定跟自己较劲儿呢。长篇短篇一概不写，如骆驼到口外"放青"，等秋后膘肥肉满再干活儿。况且呢，今年是住在青岛，不休息一番也对不起那青山绿水。就此马上休息去者！

马先生和我要短篇，不能写，这回不能再向自己失信。说休息就去休息。

把这点经过随便地写在这里，马先生要是肯闭闭眼，把这个硬算作一篇小说，那便真感激不尽了，就手儿也对读者们说一声，假若几个月里见不到我的文字，那并非就是我已经死去，我是在养神呀。

代东：

老舍先生：你的稿子不能当小说，虽然我闭了几次眼。可确是一篇很切题的消夏随笔，所以正好在这里发表。你说的长篇是赵先生向你要的，我要的却不是那个。那天晚上我陪你在新亚等朋友，我曾向你给"良友"订货——短篇小说。那时天气实在很热，大概你后来就把我那订单化汗飞了，所以现在忘得干干净净。现在你既然歇夏，只好暂时饶你过个

238

舒服的夏天，好在你并非已经死去，到了秋凉，你可不能再
抵赖，得把这张空头支票快快兑现。

　　编者

载 1935 年 7 月 15 日《良友》（画报）第 107 期

不远千里而来

　　听说榆关失守，王先生马上想结婚。在何处举行婚礼好呢。天津和北平自然不是吉地，香港又嫌太远。况且还没找到爱人。最好是先找爱人。不过这也有地方的问题在内：在哪里找呢？在兵荒马乱的地方虽然容易找到女人，可是婚姻又非"拍拍脑袋算一个"的事。还是得到歌舞升平的地方去。于是王先生便离开北平；一点也不是怕日本鬼子。

　　王先生买不到车票；东西两站的人就像上帝刚在站台上把他们造好似的，谁也不认识别处，只有站台和火车是圣地，大家全钉在那里。由东站走，还是由西站走，王先生倒不在乎；

他始终就没有定好目的地：上哪里去都是一样，只要躲开北平就好——谁要怕日本谁是牛，不过，万一真叫王先生受点险，谁去结婚？东站也好，西站也好，反正得走。买着票也走，买不着票也走，一走便是上吉。

王先生急中生智，到了行李房，要把自己打行李票：人而当行李，自然可以不必买车票了。行李房却偏偏不收带着腿的行李！无论怎么说也不行；王先生只能骂行李房的人没理性，别无办法。

有志者事竟成，王先生并不是没志的废物点心。他由正阳门坐上电车，上了西直门。在那里一打听，原来西直门的车站是平绥路的。王先生很喜欢自己长了经验，而且深信了时势造英雄的话。假如不是亲身到了西直门，他怎能知道火车是有固定的路线，而不是随意溜达着玩的？可是，北方一带全不是吉地，这条路是走不得的。这未免使他有点不痛快。上哪儿去呢？不，还不是上哪里去的问题，而是哪里有火车坐呢？还是得上东站或西站，假如火车永远不开，也便罢了；只要它开，王先生就有走开的可能。买了些水果、点心、烧酒，决定到车站去长期等车:"小子,咱老王和你闭了眼啦,非走不可!就是坐烟筒也得走!"王先生对火车发了誓。

又回到东站,因为东站看着比西站体面些;预备做新郎的人,事事总得要个体面。等了五小时,连站台的门也没挤进去!王先生虽然着急,可是头脑依然清楚:只要等着,必有办法;况且即使在等着的时节,日本兵动了手,到底离着车站近的比较有逃开的希望。好比说吧,枪一响,开火车的还不马上开车就跑?那么,老王你也便能跳上车去一齐跑,根本无须买票。一跑,跑到天津,开车的一直把火车开到英租界大旅社的前面;跳下来,啪!进了旅馆;喝点咖啡,擦擦脸,车又开了,一开开到南京,或是上海;"今夜晚前后厅灯光明亮——"王先生唱开了"二簧"。

又等了三点钟,王先生把所知道的二簧戏全唱完,还是没有挤进站台的希望。人是越来越多,把王先生拿着的苹果居然挤碎了一个。可是人越多,王先生的心里越高兴,一来是因为人多胆大,就是等到半夜去,也不至于怕鬼。二来是人多了即使掉下炸弹来,也不能只炸死他一个;大家都炸得粉碎,就是往阴曹地府走着也不寂寞。三来是后来的越多,王先生便越减少些关切；自己要是着急，那后来的当怎么着呢，还不该急死？所以他越看后方万头攒动，他越觉得没有着急的必要。可是他不愿丢失了自己已得到的优越，有人想把他挤到后面去，王先生可是毫不客气地抵抗。他的胳臂肘始终没闲着，有往前挤的，他便是一肘，肋骨上是好地方；胸口上便差一点，因为胸口上肘得过猛便有吐血的危险，王先生还不愿那么霸道，国难期间使同胞吐了血，不好意思；肋骨上是好地方；王先生的肘都运用得很正确。

车开走了一列。王先生更精神了。有一列开走，他便多一些希望；下列还不该他走吗？即使下列还不行，第三列总该轮到他了，大有希望。忍耐是美德，王先生正体行这个美德；在车站睡上三夜两夜的也不算什么。

旁边一位先生把一口痰吐在王先生的鞋上。王先生并没介意，首要的原因是四围挤得太紧，打架是无从打起，于是连骂也都不必。照准了那位先生的衣襟回敬了一口，心中倒还满意。

天是黑了。问谁，都说没有夜车。可是明天白昼的车若不连夜等下去便是前功尽弃。好在等通夜的大有人在，王先生决定省一夜的旅馆费。况且四围还有女性呢，女人可以不走，男人要是退缩，岂不被女流耻笑！王先生极勇敢地下了决心。牺牲一切，奋斗到底！他自己喊着口号。

一夜无话，因为冻了个半死。苦处不小，可是为身为国还说不上不受点苦。自然人家有势力的人，可以免受这种苦，可是命是不一样的，有坐车的就得有拉车的；都是拉车的，没有坐车的，拉谁？有势力的先跑，有钱的次跑，没钱没势的不跑等死。王先生究竟还不是等死之流，就得知足。受点苦还要抱怨吗？火车分头二三等，人也是如此。就是别叫日本鬼子捉住，好，捉了去叫我拉火车，可受不了！一夜虽然无话，思想照常精密；况且有瓶烧酒，脑子更受了些诗意的刺激。

第二天早晨，据旁人说，今天不一定有车。王先生拿定主意，有车无车给它个死不动窝。焉知不是诈语！王先生的精明不是诈语所能欺得过的。一动也不动；一半也是因为腿有点发麻。

绝了粮，活该卖馒头的发点财，一毛钱两个。贵也得吃，该发财的就发财，该破财的就破财，胳臂拧不过大腿去，不用固执。买馒头。卖馒头的得踩着人头才能递给他馒头，也不容易；连不买馒头的也不容易，大家不容易，彼此彼此，共赴国难。卖馒头的发注小财，等日本人再抢去，也总得算报应，可也替他想不出好办法：自己要是有馒头卖，还许一毛钱"一"个呢？

一直等到四点，居然平浦特别快车可以开。王先生反觉得事情不应当这么顺利；才等了一天一夜！可是既然能走了，也就不便再等。

上哪儿去呢？

上海也并不妥当，以前不是十九路军在上海打过法国鬼子吗？虽然打得鬼子跪下央告"中国爷爷"，可是到底飞机扔开花弹，炸死了不少稻香村的伙计，人肠子和腊肠一齐飞上了天！上海要是不可靠，南京便更不要提，南京没有租界地呀！江西有共产党：躲一枪，挨一刀，那才犯不上！

前边那位买济南府，二等。好吧，就是济南府好了。济南惨案不知道闹着没有？到了再说，看事情不好再往南跑，好主意。

买了二等票，可是得坐三等车，国难期间，车降一等。还不对，是这么着：不买票的——自然是有势力的——坐头等。买头等的坐二等。买二等的坐三等。买三等的拿着票地上走，假如他愿意运动运动的话；如若不愿意运动呢，可以拿着车票回去住两天，过两天再另买票来。王先生非常得意，因为神差鬼使买了二等票；坐三等无论怎么说是比地上走强的。

车上已经挤死了两位；谁也不敢再坐下，只要一坐下就不用想再立起来，专等着坐化。王先生根本就没想坐下。他的地方也不错，正在车当中，车一歪，靠窗的人全把头碰在车板上，而他只把头碰在人们的身上。他前后的客人也安排得恰当——老天爷安排的，当然是——前面的那位身量很小，王先生的下巴正好放在那位的头上休息一下。后面的那位身体很胖，正好给王先生做个围椅，而且极有火力。王先生要净一净鼻子，手当然没法提上来，只须把前面客人的头当炮架子，用力一激，两筒火山的岩汁就会喷出，虽喷出不很远，可是落在人家的脊背上。王先生非常地满意。

车到了天津，没有一位敢下车活动活动的，而异口同声地骂："怎么还不开车？王八日的！"天津这个地名听着都可怕，何况身临其境，而且要停一点多钟。大家都不敢下车，连站台上都不敢偷看一眼；万一站台上有个日本小鬼，和你对了眼光，不死也得大病一场！由总站开老站，由老站开总站，你看这个麻烦劲！等雷呢！大家是没见着站长，若是见着，一人一句也得把他骂死了。"《大公报》来——""新小说——"真有不怕死的，还敢在这儿卖东西；早晚是叫炸弹炸个粉碎！不知死的鬼！

等了一个多世纪，车居然会开了。大家仍然大气不敢出，直等到天津的灯光完全不见了，才开始呼吸，好像是已离开了鬼门关，下一站便是天堂。到了沧州，大家的腿已变成了木头棍，可是心中增加了喜气。王先生的二簧又开了台。天亮以前到了德州，大家决定下去买烧鸡、火烧、鸡子、开水；命已保住，还能不给它点养料？

王先生不能落后，打着交手仗，练着美国足球，耍着大洪拳，开开一条血路，直奔烧鸡而去。王先生奔过去，别人也奔过去，卖鸡的就是再长一双手也伺候不过来。杀声震耳，慷慨激昂，不吃烧鸡，何以为人？王先生"抢"了一只，不抢便永无到手之日。抢过来便啃，哎呀，美味，德州的烧鸡，特别在天还未亮之际，真有些野意！要不怎么说，国家也不立当永远平平安安的；国家平安到哪儿去找这种野意，守站的巡警与兵们急了，因为一个卖烧饼的小儿被大家给扯碎了，买了烧饼还饶着卖烧饼小儿一只手或一个耳朵。卖烧饼小儿未免死得惨一些，可是从另一方面说，大家的热烈足证人心未死。巡警们急了，抢开了十三节钢鞭，大打而特打，打得大家心中痛快，头上发烧，口中微笑。巡警不打人，要巡警干什么？大家不挨打，谁挨打？难道日本人来挨打？打吧，反正烧鸡不到手，誓不退缩。前进；王先生是鸡已入肚一半，不便再去冲锋，虽然只挨了一鞭，不大过瘾，可是打要大家分挨，未便一人包办，于是得胜回车。

车是上不去了。车门就有五十多位把着。出来的时候是由内而外，比较地容易。现在是由外而内，就是把前层的挤退一步，里边便更堵得结实，不亚如铜墙铁壁，焉能挤得进去，况且手内还拿着半只烧鸡，一伸手，丢了一口鸡身，未入车而鸡先失去一口，太不上算。王先生有点着急。

到底是中华的人民，黄帝的子孙，凡事有个办法。听，有人宣言："采呀把谁从车窗塞进去？一块钱！"王先生的脑子真快，应声而出："六毛，干不干？""八角大洋，少了不干！""来吧，"连半只烧鸡带王先生全进了窗门，很有趣味，可宝贵的经验：最好是头在内而脚仍悬在外边的时节，身如春燕，矫健轻灵。最后一个鲤鱼打挺，翩然而下，头碰了个大包。八毛钱付过，王先生含笑不言，专等开车。有四十多位没能上来，虽然可以在站台上饱食烧鸡，究竟不如王先生的既食且走，一群笨蛋！

太阳出来，济南就在眼前，十分高兴。过黄河铁桥，居然看见铁桥真是铁的。一展眼到了济南站，急忙下车，越挤越忙，以便凑个热闹，不冤不乐。挤出火车，举目观看，确是济南，白牌上有大黑字为证；仍怕不准，又细看了一番，几面白牌均题同样地名，缓步上了天桥；既然不拥挤，故须安走勿慌，直到听见收票员高喊："妈的，快走！"才想起向身上各处搜找车票。

出了车站，想起婚姻大事。可是家中还有个老婆，不免先写封平安家信，然后再去寻找爱人。一路上低吟："爱人在哪里？爱人在哪里？"亦自有腔有韵。

下了旅馆，写了平安家信，吃了汤面；想起看报。北平还未被炸，心中十分失望。睡了一觉，出去寻求爱人。

载 1933 年 5 月《论语》第 16 期

记　懒　人

　　一间小屋，墙角长着些兔儿草，床上卧着懒人。他姓什么？或者因为懒得说，连他自己也记不清了。大家只呼他为懒人，他也懒得否认。

　　在我的经验中，他是世上第一个懒人，因此我对他很注意：能上"无双谱"的总该是有价值的。

　　幸而人人有个弱点，不然我便无法与他来往；他的弱点是喜欢喝一盅。虽然他并不因爱酒而有任何行动，可是我给他送酒去，他也不坚持到底地不张开嘴。更可喜的是三杯下去，他能暂时地破戒——和我说话。我还能舍不得几瓶酒吗？所以我成了他的好友。自然我须把酒杯满上，送到他的唇边，他才肯饮。为引诱他讲话，我能不殷勤些？况且过了三杯，我只须把酒瓶放在他的手下，他自己便会斟满的。

他的话有些，假如不都是，很奇怪可喜的。而且极其天真，因为他的脑子是懒于搜集任何书籍上的与旁人制造的话的。他没有常识，因此他不讨厌。他确是个宝贝，在这可厌的社会中。

据他说，他是自幼便很懒的。他不记得他的父亲是黄脸膛还是白净无须：他三岁的时候，他的父亲死去；他懒得问妈妈关于爸爸的事。他是妈妈的儿子，因为她也是懒得很有个模样儿。旁的妇女是孕后九或十个月就生产。懒人的妈妈怀了他一年半，因为懒得生产。他的生日，没人晓得；妈妈是第一个忘记了它，他自然想不起问。

他的妈妈后来也死了，他不记得怎样将她埋葬。可是，他还记得妈妈的面貌。妈妈，虽在懒人的心中，也难免被想念着；懒人借着酒力叹了一口十年未曾叹过的气；泪是终于懒得落的。

他入过学。懒得记忆一切，可是他不能忘记许多小四方块的字，因为学校里的人，自校长至学生，没有一个不像活猴儿，终日跳动；所以他不能不去看那些小四方块，以得些安慰。最可怕的记忆便是"学生"。他想不出为何他的懒妈将他送入学校去，或者因为他入了学，她可以多心静一些？苦痛往往逼迫着人去记忆。他记得"学生"——一群推他打他挤他踢他骂他笑他的活猴子。他是一块木头。被猴子们向四边推滚。他似乎也毕过业，但是懒得去领文凭。

"老子的心中到底有个'无为'萦绕着，我连个针尖大的理想也没有。"他已饮了半瓶白酒，闭着眼说。

"人类的纷争都是出于好事好动：假如人都变成桂树或梅花，世上当怎样的芬香静美？"我故意诱他说话。

他似乎没有听见，或是故意懒得听别人的意见。

我决定了下次再来，须带白兰地；普通的白酒还不够打开他的说话机关的。

白兰地果然有效，他居然坐起来了。往常他向我致敬只是闭着眼，稍微动一动眉毛。然后，我把酒递到他的唇边，酒过三杯，他开始讲话，可是始终是躺在床上不起来。酒喝足了，在我告辞之际，他才肯指一指酒瓶，意思是叫我将它挪开；有的时候他连指指酒瓶都觉得是多事。

白兰地得着了空前的胜利，他坐起来了！我的惊异就好似看见了死人复活。我要盘问他了。

"朋友，"我的声音有点发颤，大概因为是有惊有喜，"朋友，在过去的经验中，你可曾不懒过一天或一回没有呢？"

"天下有多少事能叫人不懒一整天呢？"他的舌头有点僵硬。我心中更喜欢了：被酒激硬的舌头是最喜欢运动的。

"那么，不懒过一回没有呢？"

他没当时回答我。我看得出，他是搜寻他的记忆呢。他的脸上有点很近于笑的表示——这不过是我的猜测，我没见过他怎样笑。过了好久，他点了点头，又喝下一杯酒，慢慢地说：

"有过一次。许久许久以前的事了。设若我今年是四十岁——没心留意自己的岁数——那必是我二十来岁的事了。"

他又停顿住了。我非常地怕他不再往下说，可是也不敢促迫他；我等着，听得见我自己的心跳。

"你说，什么事足以使懒人不懒一次？"他猛孤丁地问了我一句。

我一时找不到相当的答案；不知道是怎么想起来的，我这么答对了他：

"爱情，爱情能使人不懒。"

"你是个聪明人！"他说。

我也吞了一大口白兰地，我的心几乎要跳出来。

他的眼合成一道缝，好像看着心中正在构成着的一张图画。然后向自己念道："想起来了！"

我连大气也不敢出地等着。

"一株海棠树，"他大概是形容他心里哪张画，"第一次见着她，便是在海棠树下。开满了花，像蓝天下的一大团雪，围着金黄的蜜蜂。我与她便躺在树下，脸朝着海棠花，时时有小鸟踏下些花片，像些雪花，落在我们的脸上，她，那时节，也就是十几岁吧，我或者比她大一些。她是妈妈的娘家的；不晓得怎样称呼她，懒得问。我们躺了多少时候？我不记得。只记得那是最快活的一天：听着蜂声，闭着眼用脸承接着花片，花荫下见不着阳光，可是春气吹拂着全身，安适而温暖。我们俩就像埋在春光中的一对爱人，最好能永远不动，直到宇宙崩毁的时候。她是我理想中的人儿。她和妈妈相似——爱情在静里享受。别的女子们，见了花便折，见了镜子就照，使人心慌意乱。她能领略花木样的恋爱；我是讨厌蜜蜂的，终日瞎忙。可是在那一天，蜜蜂确是不错，它们的嗡嗡使我半睡半醒，半死半生；在生死之间我得到完全的恬静与快乐。这个快乐是一睁开眼便会失去的。"

他停顿了一会儿，又喝了半杯酒。他的话来得流畅轻快了："海棠花开残，她不见了。大概是回了家，大概是。临走的那一天，我与她在海棠树下——花开已残，一树的油绿叶儿，小绿海棠果顶着些黄须——彼此看着脸上的红潮起落，不知起落了多少次。我们都懒得说话。眼睛交谈了一切。"

"她不见了，"他说得更快了，"自然懒得去打听，更提不到去找她。想她的时候，我便在海棠树下静卧一天。第二年花开的时候，她没有来，花一点也不似去年那么美了，蜂声更讨厌。"

这回他是对着瓶口灌了一气。

"又看见她了，已长成了个大姑娘。但是，但是，"他的眼似乎不得力地眨了几下，微微有点发湿，"她变了。她一来到，我便觉出她太活泼了。她的话也很多，几乎不给我留个追想旧时她怎样静美的机会了。到了晚间，她偷偷地约我在海棠树下相见。我是日落后向不轻动一步的，可是我答应了她；爱情使人能不懒了，你是个聪明人。我不该赴约，可是我去了。她在树下等着我呢。'你还是这么懒？'这是她的第一句话，我没言语。'你记得前几年，咱们在这花下？'她又问，我点了点头——出于不得已。'唉！'她叹了一口气，'假如你也能不懒了；你看我！'我没说话。'其实你也可以不懒；假如你真是懒得到家，为什么你来见我？你可以不懒！咱们——'她没往下说，我始终没开口，她落了泪，走开。我便在海棠下睡了一夜，懒得再动。她又走了。不久听说她出嫁了。不久，听说她被丈夫给虐待死了。懒是不利于爱情的。但是，她，她因不懒而丧了一朵花似的生命！假如我听她的话改为勤谨，也许能保全了她，可也许丧掉我的命。假如她始终不改懒的习惯，也许我们到现在还是同卧在海棠花下，虽然未必是活着，可是同卧在一处便是活着，永远地活着。只有成双作对才算爱，爱不会死！"

"到如今你还想念着她？"我问。

"哼，那就是那次破了懒戒的惩罚！一次不懒，终身受罪；我还不算个最懒的人。"他又卧在床上。

我将酒瓶挪开。他又说了话：

"假如我死去——虽然很懒得死——请把我埋在海棠花下，不必费事买棺材。我懒得理想，可是既提起这件事，我似乎应当永远卧在海棠花下——受着永远的惩罚！"

过了些日子，我果然将他埋葬了。在上边临时种了一株海棠；有海棠树的人家没有允许我埋人的。

载 1933 年 3 月 15 至 17 日《益世报》

英 国 人

　　据我看，一个人即使承认英国人民有许多好处，大概也不会因为这个而乐意和他们交朋友。自然，一个有金钱与地位的人，走到哪里也会受欢迎；不过，在英国也比在别国多些限制。比如以地位说吧，假如一个做讲师或助教的，要是到了德国或法国，一定会有些人称呼他"教授"。不管是出于诚心呢，还是捧场；反正这是承认教师有相当的地位，是很显然的，在英国，除非他真正是位教授，绝不会有人来招呼他。而且，这位教授假若不是牛津或剑桥的，也就还差点劲儿。贵族也是如此，似乎只有英国国产贵族才能算数儿。

至于一个平常人，尽管在伦敦或其他的地方住上十年八载，也未必能交上一个朋友。是的，我们必须先交代明白，在资本主义的社会里，大家一天到晚为生活而奔忙，实在找不出闲工夫云交朋友；欧西各国都是如此，英国并非例外。不过，即使我们承认这个，可是英国人还有些特别的地方，使他们更难接近。一个法国人见着个生人，能够非常地亲热，越是因为这个生人的法国话讲得不好，他才越愿指导他。英国人呢，他以为天下没有会讲英语的，除了他们自己，他干脆不愿搭理一个生人。一个英国人想不到一个生人可以不明白英国的规矩，而是一见到生人说话行动有不对的地方，马上认为这个人是野蛮，不屑于再招呼他。英国的规矩又偏偏是那么多！他不能想象到别人可以没有这些规矩，而另有一套；不，英国的是一切；设若别处没有那么多的雾，那根本不能算作真正的天气！

　　除了规矩而外，英国人还有好多不许说的事：家中的事、个人的职业与收入，通通不许说，除非彼此是极亲近的人。一个住在英国的客人，第一要学会那套规矩，第二要别乱打听事儿，第三别谈政治，那么，大家只好谈天气了，而天气又是那么不得人心。自然，英国人很有的说，假若他愿意：他可以讲论赛马、足球、养狗、高尔夫球等；可是咱又许不大晓得这些事儿。结果呢，只好对愣着。对了，还有宗教呢，这也最好不谈。每个英国人有他自己开阔的到天堂之路，趁早儿不用惹麻烦。连书籍最好也不谈，一般地说，英国人的读书能力与兴趣远不及法国人。能念几本书的差不多就得属于中等阶级，自然我们所愿与其谈论书籍的至少是这路人。这路人比谁的成见都大，那么与他们闲话书籍也是自找无趣的事。多数的中等人拿读书——自然是指小说了——当作一种自己生活理想的佐证。一个普通的少女，长得有个模样，嫁了个驶汽车的；在结婚之夕才证实了，他原来是个贵族，而且承袭了楼上有鬼的旧宫，专是壁上的挂图就值多少百万！读惯这种书的，当然很难想到别的事儿，与他们谈论书籍和捣乱大概没有什么分别。中上的人自然有些识见了，可是很难遇到啊。况且有些识见的英国人，根本在英国就不大被人看得起；他们连拜伦、雪莱和王尔德还都逐出国外去，我们想跟这样的人交朋友——即使有机会——无疑地也会被看作怪物的。

我真想不出，彼此不能交谈，怎能成为朋友。自然，也许有人说：不常交谈，那么遇到有事需要彼此的帮忙，便丁对丁、卯对卯的去办好了；彼此有了这样干脆了当的交涉与接触，也能成为朋友，不是吗？是的，求人帮助是必不可免的事，就是在英国也是如是；不过英国人的脾气还是以能不求人为最好。他们的脾气即是这样，他们不求你，你也就不好意思求他了。多数的英国人愿当鲁滨孙，万事不求人。于是他们对别人也就不愿多伸手管事。况且，他们即使愿意帮你，他们是那样的沉默简单，事情是给你办了，可是交情仍然谈不到。当一个英国人答应了你办一件事，他必定给你办到。可是，跟他上火车一样，非到车已要开了，他不露面。你别去催他，他有他的稳当劲儿。等办完了事，他还是不理你，直等到你去谢谢他，他才微笑一笑。到底还是交不上朋友，无论你怎样上前巴结。假若你一个劲儿奉承他或讨他的好，他也许告诉你："请少来吧，我忙！"这自然不是说，英国就没有一个和气的人。不，绝不是。一个和气的英国人可以说是最有礼貌、最有心路、最体面的人。不过，他的好处只能使你钦佩他，他有好些地方使人不便和他套交情。

他的礼貌与体面是一种武器，使人不敢离他太近了。就是顶和气的英国人，也比别人端庄得多；他不喜欢法国式的亲热——你可以看见两个法国男人互吻，可是很少见一个英国人把手放在另一个英国人的肩上，或搂着脖儿。两个很要好的女友在一块儿吃饭，设若有一个因为点儿缘故而想把自己的菜让给友人一点，你必会听到那个女友说："这不是羞辱我吗？"男人就根本不干这样的傻事。是呀，男人对于让酒让烟是极普遍的事，可是只限于烟酒，他们不会肥马轻裘与友共之。

这样讲，好像英国人太别扭了。别扭，不错；可是他们也有好处。你可以永远不与他们交朋友，但你不能不佩服他们。事情都是两面的。英国人不愿轻易替别人出力，他可也不来讨厌你呀。他的确非常高傲，可是你要是也沉住了气，他便要佩服你。一般地说，英国人很正直。他们并不因为自傲而蛮不讲理。对于一个英国人，你要先估量估量他的身份，再看看你自己的价值，他要是像块石头，你顶好像块大理石；硬碰硬，而你比他更硬。他会承认他的弱点。他能够很体谅人，很大方，但是他不愿露出来；你对他也顶好这样。设若你准知道他要向灯，你就顶好也先向灯；他自然会向火；他喜欢表示自己有独立的意见。他的意见可老是意见，假若你说得有理，到办事的时候他会牺牲自己的意见，而应怎么办就怎么办。你必须知道，他的态度虽是那么沉默孤高，像有心事的老驴似的，可是他心中很能幽默一气。他不轻易向人表示亲热，可也不轻易生气，到他说不过你的时候，他会以一笑了之。这点幽默劲儿使英国人几乎成为可爱的了。他没火气，他不吹牛，虽然他很自傲自尊。

所以，假若英国人成不了你的朋友，他们可是很好相处。他们该办什么就办什么，不必你去套交情；他们不因私交而改变做事该有的态度。他们的自傲使他们对人冷淡，可是也使他们自重。他们的正直使他们对人不客气，可也使他们对事认真。你不能拿他当作吃喝不分的朋友，可是一定能拿他当个很好的公民或办事人。就是他的幽默也不低级讨厌，幽默助成他做个贞脱儿曼，不是弄鬼脸逗笑。他并不老实，可是他大方。

他们不爱着急，所以也不好讲理想。胖子不是一口吃起来的，乌托邦也不是一步就走到的。往坏了说，他们只顾眼前；往好里说，他们不乌烟瘴气。他们不爱听世界大同，四海兄弟，或那顶大顶大的计划。他们愿一步一步慢慢地走，走到哪里算哪里。成功呢，好；失败呢，再干。英国兵不怕打败仗。英国的一切都好像是在那儿敷衍呢，可是他们在各种事业上并不是不求进步。这种骑马找马的办法常常使人以为他们是狡猾，或守旧；狡猾容或有之，守旧也是真的，可是英国人不在乎，他有他的主意。他深信常识是最可宝贵的，慢慢走着瞧吧。萧伯纳可以把他们骂得狗血喷头，可是他们会说："他是爱尔兰的呀！"他们会随着萧伯纳笑他们自己，但他们到底是他们——萧伯纳连一点办法也没有！

这些，可只是个简单的，大概的，一点由观察得来的印象。一般地说，也许大致不错；应用到某一种或某一个英国人身上，必定有许多欠妥当的地方。概括的论断总是免不了危险的。

载 1936 年 9 月《西风》第 1 期

取　钱

　　我告诉你，二哥，中国人是伟大的。就拿银行说吧，二哥，中国最小的银行也比外国的好，不冤你。你看，二哥，昨儿个我还在银行里睡了一大觉。这个我告诉你，二哥，在外国银行里就做不到。

　　那年我上外国，你不是说我随了洋鬼子吗？二哥，你真有先见之明。还是拿银行说吧，我亲眼得见，洋鬼子再学一百年也赶不上中国人。洋鬼子不够派儿。好比这么说吧，二哥，我在外国拿着张十镑钱的支票去兑现钱。一进银行的门，就是柜台，柜台上没有亮亮的黄铜栏杆，也没有大小的铜牌。

二哥你看，这和油盐店有什么分别？不够派儿。再说人吧，柜台里站着好几个，都那么光梳头，净洗脸的，脸上还笑着；这多下贱！把支票交给他们谁也行，谁也是先问你早安或午安；太不够派儿了！拿过支票就那么看一眼，紧跟着就问："怎么拿？先生！"还是笑着。哪道买卖人呢？！叫"先生"还不够，必得还笑，洋鬼子脾气！我就说了，二哥："四个一镑的单张，五镑的一张，一镑零的；零的要票子和钱两样。"要按理说，二哥，十镑钱要这一套啰里啰唆，你讨厌不，假若二哥你是银行的伙计？你猜怎么样，二哥，洋鬼子笑得更下贱了，好像这样麻烦是应当应分。嗬，登时从柜台下面抽出簿子来，唰唰地就写；写完，又一伸手，钱是钱，票子是票子，没有一眨眼的工夫，都给我数出来了；紧跟着便是："请点一点，先生！"又是一个"先生"，下贱，不懂得买卖规矩！点完了钱，我反倒愣住了，好像忘了点什么。对了，我并没忘了什么，是奇怪洋鬼子干事——况且是堂堂的大银行——为什么这样快？赶丧哪？真他妈的！

二哥，还是中国的银行，多么有派儿！我不是说昨儿个去取钱吗？早八点就去了，因为现在天儿热，银行八点就开门；抓个早儿，省得大晌午地劳动人家；咱们事事都得留个心眼，人家有个伺候得着与伺候不着，不是吗？到了银行，人家真开了门，我就心里说，二哥：大热的天，说什么时候开门就什么时候开门，真叫不容易。其实人家要愣不开一天，不是谁也管不了吗？一边赞叹，我一边就往里走。嗬，大电扇忽忽地吹着，人家已经都各按部位坐得稳稳当当，吸着烟卷，按着铃要茶水，太好了，活像一群皇上，太够派儿了。我一看，就不好意思过去，大热的天，不叫人家多歇会儿，未免有点不知好歹。可是我到底过去了，二哥，因为怕人家把我撵出去；人家看我像没事的，还不撵出来吗？人家是银行，又不是茶馆，可以随便出入。我就过去了，极慢地把支票放在柜台上。没人搭理我，当然地。有一位看了我一眼，我很高兴；大热的天，看我一眼，不容易。二哥，我一过去就预备好了：先用左腿金鸡独立地站着，为是站乏了好换腿。左腿立了有十分钟，我很高兴我的腿确是有了劲。支持到十二分钟我不能不换腿了，于是就来个右金鸡独立。右腿也不弱，我更高兴了，嘿，爽性来个猴啃桃吧，我就头朝下，顺着柜台倒站了几分钟。翻过身来，大家还没动静，我又翻了十来个跟头，打了些旋风脚。刚站稳了，过来一位；心里说：我还没练两套拳呢；这么快？那位先生敢情是过来吐口痰，我补上了两套拳。拳练完了，我出了点汗，很痛快。又站了会儿，一边喘气，一边欣赏大家的派头——真稳！很想给他们喝个彩。八点四十分，过来一位，脸上要下雨，眉毛上满是黑云，看了我一看。我很难过，大热的天，来给人家添麻烦。他看了支票一眼，又看了我一眼，好像断定我和支票像不像亲哥儿俩。我很想把脑门子上签个字。他连大气没出把支票拿了走，扔给我一面小铜牌。我直说："不忙，不忙！今天要不合适，我明天再来；明天立秋。"我是真怕把他气死，大热的天。他还是没理我，真够派儿，使我肃然起敬！

拿着铜牌，我坐在椅子上，往放钱的那边看了一下。放钱的先生—— 一位像屈原的中年人——刚按铃要鸡丝面。我一想：工友传达到厨房，厨子还得上街买鸡，凑巧了鸡也许还没长成个儿；即使顺当地买着鸡，面也许还没磨好。说不定，这碗鸡丝面得等三天三夜。放钱的先生当然在吃面之前绝不会放钱；

大热的天，腹里没食怎能办事。我觉得太对不起人了，二哥！心口一懊悔，我有点发困，靠着椅子就睡了。睡得挺好，没蚊子也没臭虫，到底是银行里！一闭眼就睡了五十多分钟；我的身体，二哥，是不错了！吃得饱，睡得着！偷偷地往放钱的先生那边一看，（不好意思正眼看，大热的天，赶劳人是不对的！）鸡丝面还没来呢。我很替他着急，肚子怪饿的，坐着多么难受。他可是真够派儿，肚子那么饿还不动声色，没法不佩服他了，二哥。

　　大概有十点吧，鸡丝面来了！"大概"，因为我不肯看壁上的钟——大热的天，表示出催促人家的意思简直不够朋友。况且我才等了两点钟，算得了什么。我偷偷地看人家吃面。他吃得可不慢。我觉得对不起人。为兑我这张支票再逼得人家噎死，不人道！二哥，咱们都是善心人哪。他吃完了面，按铃要手巾把，然后点上火纸，咕噜开小水烟袋。我这才放心，他不至于噎死了。他又吸了半点多钟水烟。这时候，二哥，等取钱的已有了六七位，我们彼此对看，眼中都带出对不起人的神气，我要是开银行，二哥，开市的那天就先枪毙俩取钱的，省得日后麻烦。大热的天，取哪门子钱?! 不知好歹!

十点半, 放钱的先生立起来伸了伸腰。然后捧着小水烟袋和同事低声闲谈起来。我替他抱不平, 二哥, 大热的天, 十时半还得在行里闲谈, 多么不自由! 凭他的派儿, 至少该上青岛避两月暑去; 还在行里, 还得闲谈, 哼!

十一点, 他回来, 放下水烟袋, 出去了; 大概是去出恭。十一点半才回来。大热的天, 二哥, 人家得出半点钟的恭, 多不容易! 再说, 十一点半, 他居然拿起笔来写账, 看支票。我直要过去劝告他不必着急。大热的天, 为几个取钱的得点病才合不着。到了十二点, 我决定回家, 明天再来。我刚要走, 放钱的先生喊:"一号!"我真不愿过去, 这个人使我失望! 才等了四点钟就放钱, 派儿不到家! 可是, 他到底没使我失望! 我一过去, 他没说什么, 只指了指支票的背面。原来我忘了在背后签字, 他没等我拔下自来水笔来, 说了句:"明天再说吧。"这才是我所希望的! 本来嘛, 人家是一点关门; 我补签上字, 再等四点钟, 不就是下午四点了吗? 大热的天, 二哥, 人家能到时候不关门? 我收起支票来, 想说几句极合适的客气话, 可是他喊了"二号";我不能再耽误人家的工夫,决定回家好好地写封道歉的信! 二哥,你得开开眼去,太够派儿!

载 1934 年 10 月 1 日《论语》第 50 期

马裤先生

　　火车在北平东站还没开，同屋那位睡上铺的穿马裤，戴平光的眼镜，青缎子洋服上身，胸袋插着小楷羊毫，足登青绒快靴的先生发了问："你也是从北平上车？"很和气的。

　　我倒有点迷了头，火车还没动呢，不从北平上车，难道由——由哪儿呢？我只好反攻了："你从哪儿上车？"很和气的。我很希望他说是由汉口或绥远上车，因为果然如此，那么中国火车一定已经是无轨的，可以随便走走；那多么自由！

　　他没言语。看了看铺位，用尽全身——假如不是全身——的力气喊了声："茶房！"

茶房正忙着给客人搬东西，找铺位。可是听见这么紧急的一声喊，就是有天大的事也得放下，茶房跑来了。

"拿毯子！"马裤先生喊。

"请稍待一会儿，先生，"茶房很和气地说，"一开车，马上就给您铺好。"

马裤先生用食指挖了鼻孔一下，别无动作。

茶房刚走开两步。

"茶房！"这次连火车好似都震得直动。

茶房像旋风似的转过身来。

"拿枕头。"马裤先生大概是已经承认毯子可以迟一下，可是枕头总该先拿来。

"先生，请等一等，您等我忙过这会儿去，毯子和枕头就一齐全到。"茶房说得很快，可依然是很和气。

茶房看马裤客人没任何表示，刚转过身去要走，这次火车确是哗啦了半天。"茶房！"

茶房差点吓了个跟头，赶紧转回身来。

"拿茶！"

"先生，请略微等一等，一开车茶水就来。"

马裤先生没任何的表示。茶房故意地笑了笑，表示歉意。然后搭讪着慢慢地转身，以免快转又吓个跟头。转好了身，腿刚预备好快走，背后打了个霹雳："茶房！"

茶房不是假装没听见，便是耳朵已经震聋，竟自没回头，一直地快步走开。

"茶房！茶房！茶房！"马裤先生连喊，一声比一声高：站台上送客的跑过一群来，以为车上失了火，要不然便是出了人命。茶房始终没回头。马裤先生又挖了鼻孔一下，坐在我的床上。刚坐下，"茶房！"茶房还是没来。看着自己的磕膝，脸往下沉，沉到最长的限度，手指一挖鼻孔，脸好似唰的一下又纵回去了。然后，"你坐二等？"这是问我呢。我又毛了，我确是买的二等，难道上错了车？

"你呢？"我问。

"二等。这是二等。二等有卧铺。快开车了吧？茶房！"

我拿起报纸来。

他站起来，数他自己的行李，一共八件，全堆在另一卧铺上——两个上铺都被他占了。数了两次，又说了话，"你的行李呢？"

我没言语。原来我误会了：他是善意，因为他跟着说："可恶的茶房，怎么不给你搬行李？"

我非说话不可了："我没有行李。"

"哦？！"他确是吓了一跳，好像坐车不带行李是大逆不道似的，"早知道，我那四只皮箱也可以不打行李票了！"

这回该轮着我了，"哦？！"我心里说，"幸而是如此，不然的话，把四只皮箱也搬进来，还有睡觉的地方啊？！"

我对面的铺位也来了客人，他也没有行李，除了手中提着个扁皮夹。

"哦？！"马裤先生又出了声，"早知道你们都没行李，那口棺材也可以不另起票了？"

我决定了。下次旅行一定带行李；真要陪着棺材睡一夜，谁受得了！

茶房从门前走过。

"茶房！拿手巾把！"

"等等。"茶房似乎下了抵抗的决心。

马裤先生把领带解开，摘下领子来，分别挂在铁钩上：所有的钩子都被占了，他的帽子、风衣，已占了两个。

车开了，他登时想起买报："茶房！"

茶房没有来。我把我的报赠给他；我的耳鼓出的主意。

他爬上了上铺，在我的头上脱靴子，并且击打靴底上的土。枕着个手提箱，用我的报纸盖上脸，车还没到永定门，他睡着了。

我心中安坦了许多。

到了丰台，车还没站住，上面出了声："茶房！"

没等茶房答应，他又睡着了；大概这次是梦话。

过了丰台，茶房拿来两壶热茶。我和对面的客人——一位四十来岁平平无奇的人，脸上的肉还可观——吃茶闲扯。大概还没到廊坊，上面又开了雷："茶房！"

茶房来了，眉毛拧得好像要把谁吃了才痛快。

"干吗？先——生——"

"拿茶！"上面的雷声响亮。

"这不是两壶?"茶房指着小桌说。

"上边另要一壶!"

"好吧!"茶房退出去。

"茶房!"

茶房的眉毛拧得直往下落毛。

"不要茶,要一壶开水!"

"好啦!"

"茶房!"

我直怕茶房的眉毛脱净!

"拿毯子,拿枕头,打手巾把,拿——"似乎没想起拿什么好。

"先生,您等一等。天津还上客人呢;过了天津我们一总收拾,也耽误不了您睡觉!"茶房一气说完,扭头就走,好像永远不再想回来。

待了会儿,开水到了,马裤先生又入了梦乡,呼声只比"茶房"小一点,可是匀调而且是继续的努力,有时呼声稍低一点,用咬牙来补上。

"开水,先生!"

"茶房！"

"就在这哪；开水！"

"拿手纸！"

"厕所里有。"

"茶房！厕所在哪边？"

"哪边都有。"

"茶房！"

"回头见。"

"茶房！茶房！！茶房！！！"

没有应声。

"呼——呼呼——呼。"又睡了。

有趣！

到了天津。又上来些旅客。马裤先生醒了，对着壶嘴喝了一气水。又在我头上击打靴底。穿上靴子，出溜下来，食指挖了鼻孔一下，看了看外面。"茶房！"

恰巧茶房在门前经过。

"拿毯子！"

"毯子就来。"

马裤先生走出去，呆呆地立在走廊中间，专为阻碍来往的旅客与脚夫。忽然用力挖了鼻孔一下，走了。下了车，看看梨，没买；看看报，没买；看看脚行的号衣，更没作用。又上来了，向我招呼了声："天津，欤？"我没言语。他向自己说："问问茶房，"紧跟着一个雷，"茶房！"我后悔了，赶紧地说："是天津，没错儿。"

"总得问问茶房；茶房！"

我笑了，没法再忍住。

车好容易又从天津开走。

刚一开车，茶房给马裤先生拿来头一份毯子枕头和手巾把。马裤先生用手巾把耳孔鼻孔全钻得到家，这一把手巾擦了至少有一刻钟，最后用手巾擦了擦手提箱上的土。

我给他数着，从老站到总站的十来分钟之间，他又喊了四五十声茶房。茶房只来了一次，他的问题是火车向哪面走呢？茶房的回答是不知道；于是又引起他的建议，车上总该有人知道，茶房应当负责去问。茶房说，连驶车的也不晓得东西南北。

于是他几乎变了颜色，万一车走迷了路？！茶房没再回答，可是又掉了几根眉毛。

他又睡了，这次是在头上摔了摔袜子，可是一口痰并没往下唾，而是照顾了车顶。

我睡不着是当然的，我早已看清，除非有一对"避呼耳套"当然不能睡着。可怜的是别屋的人，他们并没预备来熬夜，可是在这种带钩的呼声下，还只好是白瞪眼一夜。

我的目的地是德州，天将亮就到了。谢天谢地！

车在此处停半点钟，我雇好车，进了城，还清清楚楚地听见"茶房！"

一个多礼拜了，我还惦记着茶房的眉毛呢。

吃莲花的

　　少见则多怪，真叫人愁得慌！谁能都知都懂？就拿相对论说吧，到底怎样相对？是像哼哈二将那么相对，还是像情人要互吻时那么面面相对？我始终弄不清！况且，还要"论"呢。一向不晓得哼哈二将会做论；至于情人互吻而必须做论，难道情人也得"会考"？

　　这且不提。拿些小事说，"眼生"就要恶意地发笑，"眼熟"的事儿是对的，至少也比"眼生"的文明些。中国人用湿毛巾擦脸，英美人用干的；中国人放伞头朝上，西洋鬼子放伞头朝下；于是据洋鬼子看，他们文明，我们是头朝下活着。少见多怪，"怪"

完了还自是自高一下，愁人得慌！

这且不提。听说广东人吃狗。每逢有广东朋友来，我总把黄子藏到后院去。可是据我所知道的广东朋友们，还没有一位向我要求过："来，拿黄子开开斋！"没有。可是，黄子还是在后院保险。

这且不提。虽然我"不"大懂相对论——不是一点也不懂，说不定它还就许是像哼哈二将那样的对立——可是我天性爱花草。盆花数十种，分别列于庭中，大概我不见得一定比爱因斯坦低下着多少。不，或者我比他还高着些。他会对——和他的夫人相对而坐，也许是——而且会论——和他的夫人论些家长里短什么的。我呢，会种花。我与他各有一出拿手戏，谁也不高，谁也不低。他要是不服气的话，他骂我，我也会骂他。相对论，我得承认他的优越；相对骂，不定谁行呢！这样，我与他本是"肩膀齐为弟兄"，他不用吹，我用不着谦卑。可是，我的盆花是成对摆列着的，兰对兰，菊对菊，盆盆相对，只欠着一个"论"；那么，我比他强点！

这且不提——就是我真比爱因斯坦强，也是心里的劲，不便大吹大擂地宣传，我不是好吹的人；何必再提？今年我种了两盆白莲。盆是由北平搜寻来的，里外包着绿苔，至少有五六十岁。泥是由黄河拉来的。水用趵突泉的。只是藕差点事，吃剩下来的菜藕。好盆好泥好水敢情有妙用，菜藕也不好意思了，长吧，开花吧，不然太对不起人！居然，拔了梗，放了叶，而且开了花。一盆里七八朵，白的！只有两朵，瓣尖上有点红，我细细地用檀香粉给涂了涂，于是全白。作诗吧，除了作诗还有什么办法？专说"亭亭玉立"这四个字就被我用了七十五次，请想我作了多少首诗吧！

这且不提。好几天了，天天门口卖菜的带着几把儿白莲。最初，我心里很难过。好好的莲花和茄子冬瓜放在一块，真！继而一想，若有所悟。啊，济南名士多，不能自己"种"莲，还不"买"些用古瓶清水养起来，放在书斋？是的，一定是这样。

这且不提。友人约游大明湖，"去买点莲花来！"他说。"何必去买，我的两盆还不可观？"我有点不痛快，心里说："我自种的难道比不上湖里的？真！"况且，天这么热，游湖更受罪，不如在家里，煮点毛豆角，喝点莲花白，作两首诗，以自种白莲为题，岂不雅妙？友人看着那两盆花，点了点头。我心里不用提多么痛

284

快了；友人也很雅哟！除了作新诗向来不肯用这"哟"，可是此刻非用不可了！我忙着吩咐家中煮毛豆角，看看能买到鲜核桃不。然后到书房去找我的诗稿。友人静立花前,欣赏着哟！

这且不提。及至我从书房回来一看，盆中的花全在友人手里握着呢，只剩下两朵快要开败的还在原地未动。我似乎忽然中了暑，天旋地转，说不出话。友人可是很高兴。他说："这几朵也对付了，不必到湖中买去了。其实门口卖菜的也有，不过没有湖上的新鲜便宜。你这些不很嫩了，还能对付。"他一边说着，一边奔了厨房。"老田，"他叫着我的总管事兼厨子，"把这用好香油炸炸。外边的老瓣不要，炸里边那嫩的。"老田是我由北平请来的，和我一样不懂济南的典故，他以为香油炸莲瓣是什么偏方呢。"这治什么病,烫伤？"他问。友人笑了："治烫伤？吃！美极了！没看见菜挑子上一把一把儿地卖吗？"

这且不提。还提什么呢，诗稿全烧了,所以不能附录在这里。

太史公读老舍文至莲花被吃诗稿被焚之句，慨然有动于衷，乃效时行才子佳人补赞曰：哎，哟，啊！您亭亭玉立的莲花，——莲花——莲花啊！您的幻灭，使我心弦颤动而鼻涕长流呵！我想您——想您——您的亭亭玉立，不玉立无以为亭亭，不亭亭又何以玉立？我想到您的玉立之亭，尤想到您亭立之玉。奇怪啊，您——您的立居然如亭，您的亭又宛然如玉。我一想到此，我的心血来潮了，我的神经紧张了，我昏昏欲倒了。您的青春，您的美丽妖艳的青春，您亭亭玉立的青春，使我憧憬而昏醉了。您不朽的青春，将借我的秃笔而不朽了，虽然厨夫——狞恶的不了解您的厨夫——将您——您油炸了，但是您是不朽的啊！您是莲花，我是君子，我们的悲哀的命运正相同啊！您出于做男人之泥及做女人之水，水泥媾精而有了您，有了亭亭玉立之您，这是宇宙之神秘啊！我要死了。我看见您曼妙的花干与多姿的莲叶，被狞恶的厨夫遗弃于地上，我禁不住流泪了。哎哟，莲啊莲！我不敢——不忍——吃您——吃您——的青春不朽的花瓣，我要将您的骨肉炼成石膏，塑成爱神之像，供在我的案上，吻着，吻着，永远地吻着您亭亭玉立……等到末日，我们一同埋葬了自己吧！莲啊莲！

载 1933 年 8 月 16 日《论语》第 23 期

伍

——艺谈

神的游戏

戏剧不是小说。假若我是个木匠，我一定说戏剧不是"大锯"。由正面说，戏剧是什么，大概我和多数的木匠都说不上来。对戏剧我是头等的外行。

可是，我作过戏剧。这只有我与字纸篓知道。看别人写戏，我也试试，正如看别人下海，我也去涮涮脚。原来戏剧和小说不是一回事。这个发现，多少是恼人的。

"小说是袖珍戏园。"不错。连卖瓜子的打手巾把的都有地位。形容那位睡着了的观客和他的梦，都无所不可。一出戏，非把卖瓜子的逐出去不可，那位做梦的先生也该枪毙。戏剧限于台上那点玩意儿，而且必定不许台下有人睡觉。一些布景，几个人，说说笑笑或哭哭啼啼，这要使人承认为艺术；天哪，难死人也，景片的绳子松了一些，椅子腿有点活动，都不在话下；她一个劲儿使人明白人生，认识生命，拿揭显代替形容，拿吵嘴当作哲理，这简直不可能。可是真有会干这个的！

　　设若戏剧是"一个"人的发明，他必是个神。小说，二大妈也会是发明人。从头说起吧。立意有了，人物、地点、时间，也都有了，这不应很乐观吗？是。于是提起笔来，终于放下，让谁先出来呢？设若是小说，我就大有办法。我能叫一混成旅人一齐出来，也能叫一个人没有而大讲秋天的红叶。戏剧家必是个神，他晓得而且毫不迟疑地怎样开始。他似乎有件法宝，一祭起便成了个诛仙阵，把台下的众灵魂全引进阵去。并且是很简单呀，没有说明书，没有开场词，没有名人的介绍；一开幕便单摆浮搁地把阵式列开，一两个回合便把人心捉住，拿活人演活人的事，而且叫台下的活人郑重其事地感到一些什么，傻子似的笑或落泪。这个本事是真本事，我只能使眼前的白纸老那么白着吧。请想，我面对面地，十二分诚恳地，给二大妈述说一件事，她还不能明白，或是不愿听；怎样将两个人放在台上交谈一阵，就使他明白而且乐意听呢？大概不是她故意与我作难，就是我该死。

勉强地打了个头儿。一开幕，一胖一瘦在书房内谈话，窗外有片雪景，不坏。胖子先说话，瘦子一边听一边看报。也好。谈了两三分钟，胖子和瘦子的话是一个味儿，话都非常地漂亮，只是显不出胖子是怎么个人，瘦子是怎么个人。把笔放下，叹气。

过了十分钟，想起来了。该上女角了。女角一露面，胖子和瘦子之间便起了冲突，一起冲突便有了人格。好极了。女角出来了。她也加入谈话，三个人说的都一个味儿，始终是白开水。她打扮得很好，长得也不坏，说话也漂亮；她是怎么个人呢？没办法。胖子不替她介绍，瘦子也不管详述族谱，她自己更不好意思自述。这位救命星原来也是木头的。字纸篓里增多了两三张纸。

天才不应当承认失败，再来。这回，先从后头写。问题的解决是更难写的；先解决了，然后再倒转回来补充，似乎更保险。小说不必这样，因为无结果而散也是真实的情形。戏剧必须先作茧，到末了变出蛾子来。是的，先出蛾子好了。反正事实都已预备好，只凭一写了。写吧。胖子瘦子和姑娘又都出来了。还是木头的。瘦子娶了姑娘，胖子饮鸩而死，悲剧呀。自己没悲，胖子没悲，虽然是死了！事实很有味儿，就是人始终没活着。胖子和瘦子还打了一场呢，白打，最紧张处就是这一打，我自己先笑了。

念两本前人的悲剧，找点诀窍吧。哼！事实不如我的奇，穿插不如我的巧，言语没有我的俏，可是，也不是从哪找来的，前前后后，里里外外，有股悲劲萦绕回环，好似与人物事实平行着一片秋云，空气便是凉飕飕的。不是闹鬼，定是有神。这位神，把人与事放在一个悲的宇宙里。不知他是先造的人呢，还是先造的那个宇宙？一切是在悲壮的律动里，这个律动把二大妈的泪引出来，满满地哭了两三天，泪越多心里越痛快。二大妈的灵魂已到封神台下面，甘心地等着被封为——哪怕是土地奶奶呢，到底是入了神界！

我完了。神始终不照顾我。他不给我这点力量。我的眼总是迷糊，看不见那立体的一小块——其中有人有事有说有笑，一小块人生，一小块真理，一小块悲史，放在心里正合适，放在宇宙里便和宇宙融成一体，如气之与风。戏剧呀，神的游戏。木匠，还是用你的锯吧。

载 1934 年 7 月 14 日《大公报》

乍看舞剑忙提笔

齐白石大师题画诗里有这么一句："乍看舞剑忙提笔。"这大概是说由看到舞剑的鹤立星流而悟出作画的气势，故急于提笔，恐稍纵即逝也。

刘宝全老夫子是位乐师，弹得一手好琵琶，这大有助于他对京韵大鼓的创造新腔，自成一家。

梅兰芳院长喜画。他说过：会画几笔，懂得些彩墨的运用，对设计戏装、舞台布景等颇有帮助。

这类的例子还很多，不必一一介绍。这说明什么？就是：艺术各部门虽各有领域，可是艺术修养却不限于在一个领域里打转转。一位音乐家而会写写诗，填填词，必能按字循声，丝丝入扣，给歌词制出更好的曲谱来。一位戏曲演员而懂些音韵学，也必能更好地行腔吐字，有余叔岩、言菊朋二家为证。据说：王维的诗中有画，画中有诗，或正因为他既是诗人，又是画家。业精于专，而不忌博也。艺术修养本有专与博的两面，缺一不可。专凭一技之长，不易获得丰富的艺术生活与修养，且往往不能使这一技达乎尖端，有所创辟。古代文人于诗文之外，还讲究精于琴棋书画，也许有些道理。

爱去看戏，还宜自己也学会唱几句。爱看画展，何不自己也学画几笔。自己动手，才能提高欣赏。我记得从前有不少戏曲名演员经常和文人与画家们在一起，你教教我，我教教你，互为师生。我看这个办法不错。当初，我在重庆遇到滑稽大鼓歌手富少舫先生，他要求我给写新词儿，我请他先教会我一些老段子。他教给了我两段最不易唱的《白帝城》与《长坂坡》。于是，我就能给他写新词儿了。这种互为师生的办法确是不坏。

用不着说，习字学画，或学点吹打拉弹，对陶冶性情也大有好处。每当我工作一天之后，头昏火盛，想发脾气，我就静静也磨点墨，找些废纸，乱写一番。字不成体，全无是处，故有"歪诗怪字愧风流"之语以自嘲。虽愧风流，可是不发脾气了，几乎有练气功之效，连跟我捣乱的白猫也不忍去叱喝一声了。

我有几把戏曲名演员写画的扇子。谈及目前青年演员练字学画，将它们给《北京日报》的记者看了看，证明演员们业余写字作画已有传统。他们嘱我说几句话，就写成这么几行。

原载 1961 年 6 月 8 日《北京日报》

文　牛

　　干哪一行的总抱怨哪一行不好。在这个年月能在银行里，大小有个事儿，总该满意了，可是我的在银行做事的朋友们，当和我闲谈起来，没有一个不觉得怪委屈的。真的，我几乎没有见过一个满意、夸赞他的职业的。我想，世界上也许有几位满意于他们的职业的人，而这几位人必定是英雄好汉。拿破仑、牛顿、爱因斯坦、罗斯福，大概都不抱怨他们的行业"没意思"。虽然不自居拿破仑与牛顿，我自己可是一向满意我的职业。我的职业多么自由啊！我用不着天天按时候上课或上公事房，我不必等七天才到星期日；只要我愿意，我可连着有一个星期的星期日！

我的资本很小，纸笔墨砚而已。我的生活可以按照自己的意思安排，白天睡，夜里醒着也好，昼夜都不睡也可以；一日三餐也好，八餐也好！反正我是在我自己的屋里操作，别人也不能敲门进来，禁止我把脚放在桌子上。专凭这一点自由，我就不能不满意我的职业。况且，写得好吧歹吧，大致都能卖出去，喝粥不成问题，倒也逍遥自在；虽然因此而把妒忌我的先生们鼻子气歪，我也没法子代他们去搬正！

可是，在近几个月来，也不知怎么我也失去了自信，而时时不满意我的职业了。这是吉是凶，且不去管，我只觉得"不大是味儿"！心里很不好过！

我的职业是"写"。只要能写，就万事亨通，可是，近来我写不上来了！问题严重得很，我不晓得生了娃娃而没有奶的母亲怎样痛苦，我可是晓得我比她还更痛苦。没有奶，她可以雇乳娘或买代乳粉，我没有这些便利。写不出就是写不出，找不到代替品与代替的人。

天天能写一点，确实能觉得很自由自在，赶到了一点也写不出的时节呀，哈哈，你便变成世界上最痛苦的人！你的自由，闲在，正是对你的刑罚；你一分钟一分钟无结果地度过，也就每一分钟都如坐针毡！你不但失去工作与报酬，你简直失去了你自己！

一夏天除了阴雨，我的卧室兼客厅兼饭厅兼浴室兼书房的书房，热得老像一只大火炉。夜间一点钟以后，我才能勉强地进去睡。睡不到四个小时，我就必须起来，好趁早凉儿工作一会儿；一过午，屋内即又成烤炉。一夏天，我没有睡足。睡不足，写的也就不多，一拿笔就觉得困啊。我很着急，但是想不出办法，缙云山上必定凉快，谁去得起呢！

入秋，我本想要"好好"地工作一番，可是天又霉，纸烟的价钱好像疯了似的往上涨。只好戒烟。我曾经声明过："先上吊，后戒烟！"以示至死不戒烟的决心。现在，自己打了嘴巴。最坏的烟卖到一百元一包（二十支：我一天须吸三十支），我没法不先戒烟，以延缓上吊之期了；人都惜命呀！没有烟，我只会流汗，一个字也写不出！戒烟就是自己跟自己摔跤，我怎能写字呢？半个月，没写出一个字！

　　烟瘾稍杀，又打摆子，本来贫血，摆子使血更贫。于是，头又昏起来。不留神，猛一抬头，或猛一低头，眼前就黑那么一下，老使人有"又要停电"之感，每天早上，总盼着头不大昏，幸而真的比较清爽，我就赶快地高高兴兴去研墨，期望今天一下子能写出两三千字来。墨研好了，笔也拿在手中，也不知怎么的，头中轰的一下，生命成了空白，什么也没有了，除了一点轻微的嗡嗡的响声。这一阵好容易过去了，脑中开始抽着痛，心中烦躁得要狂喊几声！只好把笔放下——文人缴械！一天如此，两天如此，忍心地、耐性地敷衍自己："明天会好些的！"第三天还是如此，我开始觉得："我完了！"放下笔，我不会干别的！是的，我晓得我应当休息，并且应当吃点补血的东西——豆腐、猪肝、猪脑、菠菜、红萝卜等。但是，这年月谁休息得起呢？紧写慢写还写不出香烟钱怎敢休息呢？至于补品，猪肝岂是好惹的东西，而豆腐又一见双眉紧皱，就是菠菜也不便宜啊！如此说来，理应赶快服点药，使身体从速好起来。可是西药贵如金，而中药又无特效。怎么办呢？到了这般地步，我不能不后悔当初为什么单单选择这一门职业了！唱须生的倒了嗓子，唱花旦的损了面容，大概都会明白我的苦痛：这苦痛是采自希望与失望的相触，天天希望，天天失望，而生命就那么一天天地白白地摆过去，摆向绝望与毁灭！

最痛苦是接到朋友征稿的函信的时节。

朋友不仅拿你当作个友人，而且是认为你是会写点什么的人。可是，你须向友人们道歉；你还是你，你也已经不是你——你已不能够作了！

吃的是草，挤出的是牛奶；可是，文人的身体并不和牛一样壮，怎么办呢？

青年朋友们，假使你没有变成一头牛的把握，请不要干我这一行事吧；当你写不出字来的时候，你比谁的苦痛都更大！我是永不怨天尤人的人，今天我只后悔自己选错了职业——完全是我自己的事，与别人毫不相干。我后悔做了写家的正如我后悔"没"做生意或税吏一样；假若我起初就做着囤积居奇与暗中拿钱的事，我现在岂不正兴高采烈地自庆前程远大吗？啊，青年朋友们，即使你健壮如牛，也还要细想一想再决定吧，即在此处，牛恐怕是永远没有希望的动物，管你，和我一样的，不怨天尤人。

载 1944 年 11 月《华声》第 1 卷第 1 期

自传难写

　　自古道：今儿个晚上脱了鞋，不知明日穿不穿；天有不测的风云啊！为留名千古，似应早早写下自传；自己不传，而等别人偏劳，谈何容易！以我自己说吧，眼看就快四十了，万一在最近的将来有个山高水远，还没写下自传，岂不是大大的一个缺憾？！

　　可是，说起来就有点难受。自传不难哪，自要有好材料。材料好办；"好材料"，哼，难！自传的头一章是不是应当叙说家庭族系等？自然是。人由何处生，水从哪儿来，总得说个分明。依写传的惯例说，得略述五千年前的祖宗是纯粹"国种"，然后详道上三辈的官衔、功德与著作。至少也得来个"清封大夫"的父亲与"出自名门"的母亲。没有这么适合体裁的双亲，写出去岂不叫人笑掉门牙！您看，这一招儿就把咱撅个对头弯；咱没有这种父母，而且准知道五千年前的祖宗不见得比我高明。好意思大书特书"清封普罗大夫"与"出自不名之门"吗？就是有这个勇气，也危险呀：普罗大夫之子共党写，推出斩首，岂不糟了？！英雄不怕出身低，可也得先变成英雄啊。汉刘邦是小小的亭长，淮阴侯也讨过饭吃，可是人家都成了英雄，自然有人捧场喝彩。咱是不是英雄？对镜审查，不大像！

自传的头一章根本没着落。

再说第二章吧。这儿应说怎么降生：怎么在胎中多住了三个多月，怎么产房里闹妖精，怎么天上落星星，怎么生下来啼声如豹，怎么左手拿着块现洋……我细问过母亲，这些事一概没有。母亲只说：生下来奶不足，常贴吃糕干——所以到如今还有时候一阵阵地发糊涂。

第二章又可以休矣。

第三章得说幼年入学的光景喽。"幼怀大志，寡言笑，囊萤刺股……"这多么好听！可是咱呢，不记得有过大志，而是见别人吃糖馅烧饼就馋得慌——到如今也没完全改掉。逃学的事倒不常干，而挨手板与罚跪说起来似乎并不光荣。第三章，即使勉强写出，也不体面。

　　没有前三章，只好由第四章写了，先不管有这样的书没有。这一章应写青春时期。更难下笔。假如专为泄气，又何必自传；当然得吹腾着点儿。事情就奇怪，想吹都吹不起来。人家牛顿先生看苹果落地就想起那么多典故来，我看见苹果落地——不，不等它落地就摘下来往嘴里送。青春时期如此，现在也没长进多少，不但没做过惊天动地的事，而且没有存过惊天动地的心。偶尔大喊一声，天并不惊；跺地两脚，地也不动。第四章又是溏心的炸弹，没响儿！

　　以下就不用说了，伤心！

　　自传呢，下世再说。好在马上为善，或者还不太晚，多积点阴功，下辈子咱也生在贵族之家，专是自传的第一章就能写八万字。气死无数小布尔乔亚。等着吧，这个事是急不得的。

载 1934 年 1 月《大众画报》第 3 期

代语堂先生拟赴美宣传大纲

　　话说林语堂先生，头戴纱帽盔，上面两个大红丝线结子；遮目的是一对崂山水晶墨镜，完全接近自然，一点不合科学的制法。身上穿着一件宝蓝团龙老纱大衫，铜纽扣，没有领子——因为反对洋服的硬领，所以更进一步地爽性光着脖子。脚上一双青大缎千层底圆口皂鞋，脚脖儿上豆青的绸带扎住裤口。右手里一把斑竹八根架纸扇，一面画的是淡墨山水，一面自己写的一小段舒白香的游山日记——写得非常地好，因为每个字旁都由林先生自己画了双圈。左手提着云南制的水烟袋，托子是珐琅的，非常的古艳。

林先生的身上自然还有别的东西，一一地说来未免有点烦絮；总而言之，他身上没有一件足以惹人怀疑是否国产的物品。这倒不全为提倡国货；每一件东西都是顶古雅精美的，顺手儿也宣传着东方文化。

林先生本打算雇一条带帆的渔船或西湖上的游艇，在太平洋里一面钓着鱼，一面缓缓前进。这个办法既足以证实他的艺术生活，又足以使两个老渔夫或一对船娘能自食其力地挣口饭吃——后者恐怕是这个计划的主要目的。不过，即使大家都不怕慢，走上三五个月满不在乎，可是小船——虽然是那么有画意——恐怕干不过海洋里的风浪。真要是把老渔夫或船娘都喂了海鱼，未免有悖于人道主义。算了吧，只好坐海船吧。

为减少轮船上的俗气与洋味，林先生带着个十岁的小书童：头上梳着两个抓髻，系着鲜红的头绳。林先生坐在甲板上的藤椅上，书童捧着瑶琴一旁侍立。琴上无弦，省得去弹；只是个"意思"而已。

一"海"无话，林先生吃得胖胖的，就到了美国。船一到码头，新闻记者如蜜蜂一般拥上前来，全是找林先生的。林先生命书童点起檀香，提着景泰蓝香炉在前引路，徐徐地前进。

新闻记者围上前来，林先生深感不快，乃曼声曰："吾乃——《吾国与吾民》之著者是也！没别的可说！"众畏其威，乃退。不过，林先生的相，在他没甚留神的时候，已被他们照了去；在当日的晚报就登印出来。

歇兵三日，林先生拟出宣传大纲：

一、男人应否怕老婆——阳纲不振为西方文化之大毛病。予之来所以使懦夫立也——林先生的文字是文言与白话两掺着的，特别是在草拟大纲的时候。公鸡打鸣，母鸡生蛋，天然有别。不可强易。男女平等，本是男的种田，女的纺线，各尽其职之谓。反之，像英美各国，男儿拼命挣钱，老婆不管洗衣做饭；哪道婚姻，什么平等！妇道不修，于是在恋爱之前已打听好怎样离婚，以便争取生活费，哀哉！中国古圣先贤都说夫为妻纲，已预知此害；西方无此种圣人，故大吃其亏。宜速迎东方活圣人一位，封为国师！

二、男人怎样可以不怕老婆——在今日的中国，怕老婆者穿洋服。与夫人同行，代她拿伞，抱孩子。洋服者，西洋之服，自古已然，怕老婆非一日矣！为今之计，西洋男子应马上改穿中服，以免万劫茫茫。中服威严，虽贾波林穿上亦无局促瘦窘之相。望而生畏，女人不敢大发雌威矣。中服舒服，男人知道求舒服，女人即知责任之所在；反之，自上锁镣，硬领皮鞋，以示甘受苦刑，则女人见景生情，必使跪着顶灯；猛醒吧，西洋男子！中服使人安详自在。气度安详，则威而不猛，增高身份。譬若老婆发了命令，穿大衫之丈夫可漫应之，Yes，dear；而许久不动，直至对方把命令改成央求，乃徐徐起立。穿西服之丈夫鲜能为此：洋服表示干净利落之精神，一闻令下，必须疾驱而前，显出敏捷脆快；Yes，dear，未及说完，早已一道闪光而去，脸上笑容充满宇宙。久之，夫人并发令之劳且厌之，而眉指颐使，丈夫遂成了专看眼神的动物！这还了得，西洋男子必须革命！

三、中西文化及其苍蝇——东方人的闲适，使苍蝇也得到自由；西方人的固执，苍蝇大受压迫。世界大同，虽是个理想，但总有实现之一日。以苍蝇言，在大同主义之下，必有其东方的自由，而受过西方科学的洗礼；"明日"之苍蝇必为消毒的苍蝇，活泼泼的而不负传染恶疾的责任。此事虽小，足以喻大；明乎此，可与言东西文化之交映成辉矣。（此项下还有许多节目，如中西文化及其蜈蚣、中西文化及其青蛙等，即不备录。）

四、东西的艺术及其将来：西方的艺术大体上说来，总免不了表现肉感，裸体画与雕刻是最明显的例子。东方的艺术，反之，却表现着清涤肉感，而给现实生活一些云烟林水之气。由这一点上来看，西方的精神是斑斓猛虎，有它的猛勇、活跃及直爽；东方的精神是淡远的秋林，有它的安闲、静恬及含蓄。这样说来，仿佛各有所长，船多并不碍江。可是细那么一想，则东方的精神实在是西方文化的矫正，特别是在都市文化发达到出了毛病的时候——像今日。西方今日之需要静恬，就是没别的更好的办法，至少也须常常看到一种秋江夕照的图画（如林先生扇子上所画的那个），常常听到一种平沙落雁的音乐，而把客厅里悬着的大光眼儿、二光眼儿，一律暂时收起。光屁股艺术有它的直爽与健康，但乐园的亚当与夏娃并非只以一丝不挂为荣，还有林花虫蝶之乐。况且假若他俩多注意些花鸟之趣，而一心无邪，恐怕到如今还住在那里——闲着画几幅山水儿什么的，给天使们鉴赏，岂不甚好？！

五、《吾国与吾民》——有书为证，顶好大家手执一册，焚香静读，你们多得些知识，我多收点版税，两有益的事儿。

六、幽默的意义与技巧——专为美国大学生讲；女生暂不招待，以免听完不懂得发笑，大煞风景。

七、中国今日的文艺——专为研究比较文学的讲演，听讲时须各携烟斗或香烟与洋火。讲题:(1)《论语》的创始与发展。(2)《人间世》的生灭。(3)《宇宙风》怎样刮风。

载 1936 年 8 月《逸经》第 11 期

可喜的寂寞

　　既可喜，却又寂寞，有点自相矛盾。别着急，略加解释，便会统一起来。

　　近来呀，每到星期日，我就又高兴，又有点寂寞。高兴的是：儿女们都从学校、机关回家来看看，还带着他们的男女朋友，真是热闹。听吧，各屋里的笑声、辩论声，都连续不断，声震屋瓦，连我们的大猫都找不到安睡懒觉的地方，只好跑到房上去呆坐。虽然这么热闹，我却很寂寞。他们所讨论的，我插不上嘴；默坐旁听，又听不懂！

　　我的文艺知识不很丰富，可是几十年来总以写作为业，按说对儿女们应该有些影响。事实并不如此。他们都不学文艺，虽然他们也爱看小说、话剧、电影什么的。他们，连他们带来的男女朋友，都学科学。我家最小的那个梳两条小辫的娃娃，刚考入大学，又是学物理！这群小科学家凑到一处，连说笑似乎都带点什么科学味道，我听不懂。

他们也并不光说笑、争辩。有时候，他们安静下来：哥哥帮助妹妹算数学上的难题，或几个人都默默地思索着一个什么科学上的道理。在这种时候，我看得出来，他们的深思苦虑和诗人的呕尽心血并没有什么不同。我可也看到，当诗人实在找不到最好的字的时候，他也只好暂且将就用个次好的字，而小科学家们可不能这么办，他们必须找到那个最正确的答案，差一点点也不行。当他们得到了答案的时候，他们便高兴得又跳又唱，觉得已拿到打开宇宙秘密的一把小钥匙。

我看到了一种新的精神。是，从他们决定投考哪个学校，要选修哪门科学的时候起，我就不断地听到"尖端""发明"和"革新"等悦耳的字眼儿。因此，我没有参加意见，更不肯阻拦他们。他们是那么热烈地讨论着，那么努力预备考试，我还有什么可说的呢！

我看出来，是那个新精神支配着他们，鼓舞着他们，我无权阻拦他们。

他们的选择不是为名为利，而是要下决心去埋头苦干。是，从他们怎么预备功课和怎么制订工作计划，我就看出：他们所选择的道路并不是容易走的。他们有勇气与决心去翻山越岭，攀登高峰。他们的选择不仅出于个人的嗜爱，而也是政治热情的表现——现在是原子时代，而我们的科学技术还有些落后，必须急起直追。想建设一个有现代工业、农业与文化的国家，非有现代科学技术不可！我不能因为自己喜爱文艺而阻拦儿女们去学科学。建设伟大的祖国，自力更生，必须闯过科学技术关口。儿女们，在党的教育培养下，不但看明此理，而且决心去做闯关的人。这是多么可喜的事啊！是呀，且不说别的，只说改良一个麦种或制造一种尼龙袜子，就需要多少科学研究与试验啊！科学不发达，现代化就无从说起。

我们的老农有很多宝贵的农业知识与经验，但专凭这些知识与经验而无现代的科学技术，便难以应付农业现代化的要求。我们的手工业有悠久的传统和许多世代相传的窍门，但也须进一步提高到科学理论上去，才能发展、提高。重工业和新兴的工业更用不着说,没有现代的科学技术,寸步难行。小科学家们,你们的责任有多么重大呀!

于是,我的星期日的寂寞便是可喜的了。我不能模仿大猫,听不懂就跑上房去。我默默地听着小将们的谈论,而且想到:我若是也懂点科学,该多么好!写些科学小品或以发明创造为内容的小说,该多么新颖,多么富有教育性啊。若是能把青年一代这种热爱科学的新精神写出来,不就更好吗?是呀,我们大概还缺乏这样的作品。我希望这样的作品不久就会出现。这应当是文艺创作的一个新的重要题材。

（原载 1963 年 1 月 1 日《北京晚报》）

“住”的梦

在北平与青岛住家的时候，我永远没想到过：将来我要住在什么地方去。在乐园里的人或者不会梦想另辟乐园吧。

在抗战中，在重庆与它的郊区住了六年。这六年的酷暑重雾和房屋的不像房屋，使我会做梦了。我梦想着抗战胜利后我应去住的地方。

不管我的梦想能否成为事实，说出来总是好玩的：

春天，我将要住在杭州。二十年前，我到过杭州，只住了两天。那是旧历的二月初，在西湖上我看见了嫩柳与菜花，碧浪与翠竹。山上的光景如何？没有看到。三四月的莺花山水如何，也无从晓得。但是，由我看到的那点春光，已经可以断定杭州的春天必定会教人整天生活在诗与图画中的。所以，春天我的家应当是在杭州。

夏天，我想青城山应当算作最理想的地方。在那里，我虽然只住过十天，可是它的幽静已拴住了我的心灵。在我所看见过的山水中，只有这里没有使我失望。它并没有什么奇峰或巨瀑，也没有多少古寺与胜迹，可是，它的那一片绿色已足使我感到这是仙人所应住的地方了。到处都是绿，而且都是像嫩柳那么淡，竹叶那么亮，蕉叶那么润，目之所及，那片淡而光润的绿色都在轻轻地颤动，仿佛要流入空中与心中去似的。这个绿色会像音乐似的，涤清了心中的万虑，山中有水，有茶，还有酒。早晚，即使在暑天，也须穿起毛衣。我想，在这里住一夏天，必能写出一部十万到二十万字的小说。

假若青城去不成，求其次者才提到青岛。我在青岛住过三年，很喜爱它。不过，春夏之交，它有雾，虽然不很热，可是相当地湿闷。再说，一到夏天，游人来得很多，失去了海滨上的清静。美而不静便至少失去一半的美。最使我看不惯的是那些喝醉的外国水兵与差不多是裸体而没有曲线美的妓女。秋天，游人都走开，这地方反倒更可爱些。

不过，秋天一定要住北平。天堂是什么样子，我不晓得，但是从我的生活经验去判断，北平之秋便是天堂。论天气，不冷不热。论吃食，苹果、梨、柿、枣、葡萄，每样都有若干种。至于北平特产的小白梨与大白海棠，恐怕就是乐园中的禁果吧，连亚当与夏娃见了，也必滴下口水来！果子而外，羊肉正肥，高粱红的螃蟹刚好上市，而良乡的栗子也香闻十里。论花草，菊花种类之多，花式之奇，可以甲天下。西山有红叶可见，北海可以划船——虽然荷花已残，荷叶可还有一片清香。衣食住行，在北平的秋天，是没有一项不使人满意的。即使没有余钱买菊吃蟹，一两毛钱还可以爆二两羊肉，弄一小壶佛手露啊！

冬天，我还没有打好主意，香港很暖和，适于我这贫血怕冷的人去住，但是"洋味"太重，我不高兴去。广州，我没有到过，无从判断。成都或者相当地合适，虽然并不怎样和暖，可是为了水仙、素心蜡梅、各色的茶花与红梅绿梅，仿佛就受一点寒冷，也颇值得去了。昆明的花也多，而且天气比成都好，可是旧书铺与精美而便宜的小吃食远不及成都的那么多，专看花而没有书读似乎也差点事。好吧，就暂时这么规定：冬天不住成都便住昆明吧。

在抗战中，我没能发了国难财。我想，抗战结束以后，我必能阔起来，唯一的原因是我是在这里说梦。既然阔起来，我就能在杭州、青城山、北平、成都，都盖起一所中式的小三合房，自己住三间，其余的留给友人们住。房后都有起码是二亩大的一个花园，种满了花草；住客有随便折花的，便毫不客气地赶出去。青岛与昆明也各建小房一所，作为候补住宅。各处的小宅，不管是什么材料盖成的，一律叫作"不会草堂"——在抗战中，开会开够了，所以永远"不会"。

那时候，飞机一定很方便，我想四季搬家也许不至于受多大苦处的。假若那时候飞机减价，一二百元就能买一架的话，我就自备一架，择黄道吉日慢慢地飞行。

（原载 1944 年 5 月《民主世界》第 2 期）

东方学院

从一九二四的秋天到一九二九的夏天，我一直在伦敦住了五年。除了暑假寒假和春假中，我有时候离开伦敦几天，到乡间或别的城市去游玩，其余的时间就都消磨在这个大城里。我的工作不许我到别处去，就是在假期里，我还有时候得到学校去。我的钱也不许我随意地去到各处跑，英国的旅馆与火车票价都不很便宜。

我工作的地方是东方学院，伦敦大学的各学院之一。这里，教授远东近东和非洲的一切语言文字。重要的语言都成为独立的学系，如中国语、阿拉伯语等；在语言之外还讲授文学哲学什么的。次要的语言，就只设一个固定的讲师，不成学系，如日本语；假如有人要特意地请求讲授日本的文学或哲学等，也就由这个讲师包办。不甚重要的语言，便连固定的讲师也不设，而是有了学生再临时去请教员，按钟点计算报酬。譬如有人要学蒙古语文或非洲的非英属的某地语文，便是这么办。自然，这里所谓的重要与不重要，是多少与英国的政治、军事、商业等相关联的。

在学系里，大概都是有一位教授和两位讲师。教授差不多全是英国人；两位讲师总是一个英国人和一个外国人——这就是说，中国语文系有一位中国讲师，阿拉伯语文系有一位阿拉伯人做讲师。这是三位固定的教员，其余的多是临时请来的，比如中国语文系里，有时候于固定的讲师外，还有好几位临时的教员，假若赶到有学生要学中国某一种方言的话；这系里的教授与固定讲师都是说官话的，那么要是有人想学厦门话或绍兴话，就非去临时请人来教不可。

这里的教授也就是伦敦大学的教授。这里的讲师可不都是伦敦大学的讲师。以我自己说，我的聘书是东方学院发的，所以我只算学院里的讲师，和大学不发生关系。那些英国讲师多数是大学的讲师，这倒不一定是因为英国讲师的学问怎样地好，而是一种资格问题：有了大学讲师的资格，他们好有升格的希望，由讲师而副教授而教授。教授既全是英国人，如前面所说过的，那么外国人得到了大学的讲师资格也没有多大用处。况且有许多部分，根本不成为学系，没有教授，自然得到大学讲师的资格也不会有什么发展。在这里，看出英国人的偏见来。以梵文、古希伯来文、阿拉伯文等说，英国的人才并不弱于大陆上的各国；至于远东语文与学术的研究，英国显然地追不上德国或法国。设若英国人愿意，他们很可以用较低的薪水去到德法等国聘请较好的教授。可是他们不肯。他们的教授必须是英国人，不管学问怎样。就我所知道的，这个学院里的中国语文学系的教授，还没有一位真正有点学问的。这在学术上是吃了亏，可是英国人自有英国人的办法，绝不会听别人的。幸而呢，别的学系真有几位好的教授与讲师，好歹一背拉，这个学院的教员大致地还算说得过去。况且，于各系的主任教授而外，还有几位学者来讲专门的学问，像印度的古代律法，巴比伦的古代美术等，把这学院的声价也提高了不少。在这些教员之外，另有位音韵学专家，教给一切学生以发音与辨音的训练与技巧，以增加学习语言的效率。这倒是个很好的办法。

　　大概地说，此处的教授们并不像牛津或剑桥的教授们那样只每年给学生们一个有系统的讲演，而是每天与讲师们一样地教功课。这就必须说一说此处的学生了。到这里来的学生，几乎没有任何的限制。以年龄说，有的是七十岁的老夫或老太婆，有的是十几岁的小男孩或女孩。只要交上学费，便能入学。于是，一人学一样，很少有两个学生恰巧学一样东西的。拿中国语文系说吧，当我在那儿的时候，学生中就有两位七十多岁的老人：一位老人是专学中国字，不大管它们都念作什么，所以他指定要英国的讲师教他。另一位老人指定要跟我学，因为他非常注重发音；他对语言很有研究，古希腊、拉丁、希伯来，他都会，到七十多岁了，他要听听华语是什么味儿；学了些日子华语，他又选上了日语。这两个老人都很用功，头发虽白，心却不笨。这一对老人而外，还有许多学生：有的学言语，有的念书，有的要在伦敦大学得学位而来预备论文，有的念元曲，有的念《汉书》，有的是要往中国去，所以先来学几句话，有的是已在中国住过十年八年而想深造……总而言之，他们学的功课不同，程度不同，上课的时间不同，所要的教师也不同。这样，一个人一班，教授与两个讲师便一天忙到晚了。这些学生中最小的一个才十二岁。

因此，教授与讲师都没法开一定的课程，而是兵来将挡，学生要学什么，他们就得教什么；学院当局最怕教师们说："这我可教不了。"于是，教授与讲师就很不易当。还拿中国语文系说吧，有一回，一个英国医生要求教他点中国医学。我不肯教，教授也瞪了眼。结果呢，还是由教授和他对付了一个学期。我很佩服教授这点对付劲儿；我也准知道，假若他不肯敷衍这个医生，大概院长那儿就更难对付。由这一点来说，我很喜欢这个学院的办法，来者不拒，一人一班，完全听学生的。不过，要这样办，教员可得真多，一系里只有两三个人，而想使个个学生满意，是做不到的。

成班上课的也有：军人与银行里的练习生。军人有时候一来就是一拨儿，这一拨儿分成几组，三个学中文，两个学日文，四个学土耳其文……既是同时来的，所以可以成班。这是最好的学生。他们都是小军官，又差不多都是世家出身，所以很有规矩，而且很用功。他们学会了一种语言，不管用得着与否，只要考试及格，在饷银上就有好处。据说会一种语言的，可以每年多给一百镑钱。他们在英国学一年中文，然后就可以派到中国来，到了中国，他们继续用功，而后回到英国受试验。试验及格便加薪俸了。我帮助考过他们，考题很不容易，言语，要能和中国人说话；文字，要能读大报纸上的社论与新闻和能将中国的操典与公文译成英文。学中文的如是，学别种语文的也如是。厉害！英国的秘密侦探是著名的，军队中就有这么多，这么好的人才呀：和哪一国交战，他们就有会哪一国言语文字的军官。我认得一个年轻的军官，他已考及格过四种言语的初级试验，才二十三岁！想打倒帝国主义吗？啊，得先充实自己的学问与知识，否则喊哑了嗓子只有自己难受而已。

最坏的学生是银行的练习生们。这些都是中等人家的子弟——不然也进不到银行去——可是没有军人那样的规矩与纪律，他们来学语言，只为马马虎虎混个资格，考试一过，马上就把"你有钱，我吃饭"忘掉。考试及格，他们就有被调用到东方来的希望，只是希望，并不保准。即使真被派遣到东方来，如新加坡、香港、上海等处，他们早知道满可以不说一句东方语言而把事全办了。他们是来到这个学院预备资格，不是预备言语，所以不好好地学习。教员们都不喜欢教他们，他们也看不起教员，特别是外国教员。没有比英国中等人家的二十岁上下的少年更讨厌的了，他们有英国人一切的讨厌，而英国人所有的好处他们还没有学到，因为他们是正在刚要由孩子变成大人的时候，所以比大人更讨厌。班次这么多，功课这么复杂，不能不算是累活了。可是有一样好处：他们排功课表总设法使每个教员空闲半天。星期六下午照例没有课，再加上每周当中休息半天，合起来每一星期就有两天的休息。再说呢，一年分为三学期，每学期只上十个星期的课，一年倒可以有五个月的假日，还算不坏。不过，假期中可还有学生愿意上课；学生愿意，先生自然也得愿意，所以我不能在假期中一气离开伦敦许多天。这可也有好处，假期中上课，学费便归先生要。

学院里有个很不错的图书馆，专藏关于东方学术的书籍，楼上还有些中国书。学生在上课前，下课后，不是在休息室里，便是到图书馆去，因为此外别无去处。这里没有运动场等的设备，学生们只好到图书馆去看书或在休息室里吸烟，没别的事可做。学生既多数的是一人一班，而且上课的时间不同，所以不会有什么团体与运动。每一学期至多也不过有一次茶话会而已。这个会总是在图书馆里开，全校的人都被约请。没有演说，没有任何仪式，只有茶点，随意地吃。在开这个会的时候，学生才有彼此接谈的机会，老幼男女聚在一处，一边吃茶一边谈话。这才看出来，学生并不少；平日一个人一班，此刻才看到成群的学生。

假期内，学院里清静极了，只有图书馆还开着，读书的人可也并不甚多。我的《老张的哲学》《赵子曰》与《二马》，大部分是在这里写的，因为这里清静啊。那时候，学院是在伦敦城里。四外有好几个火车站，按说必定很乱，可是在学院里并听不到什么声音。图书馆靠街，可是正对着一块空地，有些花木，像个小公园。读完了书，到这个小公园去坐一下，倒也方便。现在，据说这个学院已搬到大学里去，图书馆与课室——一个友人来信这么说——相距很远，所以馆里更清静了。哼，希望多咱有机会再到伦敦去，再在这图书馆里写上两本小说！

（原载 1937 年 3 月《西风》第 7 期）

灵的文学与佛教

前十多年的时候，我就很想知道一点佛教的学理。那时候我在英国，最容易见到的中国朋友是许地山——落华生先生，他是研究宗教比较学的，记得他在牛津大学的毕业论文就有一篇讨论《法华经》的文章。该时我对他说：我想研究一点佛学；但却没有做佛学专家的野心，所以我请他替我开张佛学入门必读的经书的简单目录——华文英文都可以。结果他给我介绍了八十多部佛书。据说这是最简要不过，再也不能减少的了。这张目录单子到现在我还保存着，可是，我始终没有照这计划去做过。因此，我至今对于佛学，还是个陌生者，并不认识佛学是什么；在座的诸位，都是研究佛学的专家——和尚，在这儿我是没有谈佛学的资格的，所以我现在抛开佛学不谈，来对大家说点关于文艺方面的话，其实我对于文艺也还不十分明了，不过，比较谈起佛学来，总稍清楚些，至少八十部的文艺书我是念过的。

在西洋文学里，有一个很使大家注意的人——但丁，他是中古时代意大利的一个伟大的文学家。我们知道：研究中国文学的就得念屈原的《离骚》，研究英国文学的就得念莎士比亚的作品，研究意大利文学的就得念但丁的著作。但丁的作品是很多的，而在他很多的作品中，有一部最伟大，最成功，在世界上又最著名的，叫作《神曲》；这和托尔斯泰的《战争与和平》一样，是他个人最成功的作品，也是任何研究文艺的人所必要念的一部作品。

《神曲》的内容，分为三部：第一部讲的是地狱；第二部讲的是地狱与天堂之间的事；第三部讲的是天堂。他的体裁是用诗写的——是世界最伟大的长诗。这部作品是伟大，我们撇开他的文字美和通俗不谈——但丁的以前的文艺是用古拉丁文写成的，他这部《神曲》则是用纯粹意大利白话文写成的。——单就他替西洋文艺苑开辟一块灵的文学的新园地这一点来说，也就够显出他的伟大了。

　　西洋古代希腊罗马的文艺作品，都不曾说到"灵魂"这东西，以为人死了就完了，没有光明，也没有希望，没有黑暗，也没有恐惧，这一人生过了，什么也都完了。虽然罗马文学里有少数的作品说到"地狱"这个名字，但只是渺渺茫茫的一个阴影，并未说出人死了以后，为什么会生到地狱里去？既生到地狱里去了，其中生活又是怎么样？只是隐隐约约地道出个地狱的名罢了。到了但丁的时候，他就谈到地狱及地狱中怎么样了，这在他最伟大最著名的《神曲》作品中，第一部就是讲的地狱，可以想见他是一个天主教的教徒，但天主教所奉的《圣经》里并未说到地狱的情形怎样，可是信奉该教的但丁，却离开了《圣经》，大谈特谈地狱的景况，描写地狱的惨状，这也许是他受了东方文化——佛教的影响。在中古时候，罗马教皇是至高无上的权威者，他的势力比谁都大，谁也不敢触犯他，各国的王位都要向教皇奉承，甚至做皇帝的要双手捧教皇脚上的马。可是但丁这位先生，却大胆地把教皇活生生地下了地狱，这种思想，颇与佛教的平等思想相吻合。当时中西交通已不如是闭塞，东方文化输入于西方的很多，其中也许有些佛学的东西，传播到那边去，而其受了东方文化的影响，于是便产生了这样的思想。他谈的地狱，与中国所传说的地狱，很有点儿相像，且比中国所传说的还要有系统些，有条理些，而地狱的层次揩写得很详尽。犯某些罪的就落于某一层地狱，作奸犯科、不忠不信的人们，固然有上刀山下油锅的一类刑具给他们受，就是不尽忠于宗教的教徒，也有固定的受罪处。地狱之外有一座山，从地狱中悔悟出来的罪犯，就在那座山上修持，背后拴着一块大石，行路的时候，慢慢儿走，地上写着"人要谦卑"四个字。在这里修行够了日子——经过一百年或五十年不等，就可升天。天的组织，也有其层次的。这一层天住怎样的人，那一层天住怎样的人。讲义气的应该升什么天，行孝顺的应该升什么天，信宗教的应该升什么天，乃至你做了什么好事，就升那一层的天。

在古代的文学里，只谈到人世间的事情，舍了人世间以外，是不谈其他的，这所写的范围非常狭小。到了但丁以后，文人眼光放开了，不但谈人世间事，而且谈到人世间以外的"灵魂"，上说天堂，下说地狱，写作的范围扩大了。这一点，对欧洲文化，实在是个最大的贡献，因为说到"灵魂"自然使人知所恐惧，知所希求。从中世纪一直到今日，西洋文学却离不开灵的生活，这灵的文学就成了欧洲文艺强有力的传统，反观中国的文学，专谈人与人的关系，没有一部和《神曲》类似的作品，纵或有一二部涉及灵的生活，但也不深刻。我不晓得，中国的作家为什么忽略了这个，怎样不把灵的生活表现出来？

佛教与人世间，可说简直是打成一片的了，北方有名山的地方，一定也就有所宝刹，这种天然之美与人工之美的混合物，在建筑上雕刻上绘画上的艺术观点说来，处处都给予人们的醒目，处处都值得吾人的称颂。讲到建筑，一定先从佛寺说起，因为教徒们已将人间的一切美都贡献于佛了。巍巍庄严的佛像，堂堂皇皇的殿宇，使人看了，不期然而然地肃然起敬；佛像可以代表中国一部分的绘画，看吧！没有一个名画家不会画观世音菩萨的。谈到中国的雕刻，可说全部都是佛教的。若不是古希腊的雕刻传到印度，由印度传到中国，西洋的近代雕刻画也许不会输入中国的。故从这三方说来，中国的雕刻绘画建筑都离不开佛教，而且它已与人世间打成一片了。

中国是礼乐之邦，但至今不保存，现在社会上的人，既不讲礼，又不谈乐，唯有中国的和尚，在诵经的时候，敲打着乐器，那乐声传播出来，比吹喇叭还动听些，所以中国的人世间，只有在佛教中得到一些崇高的感觉。佛教虽给予人世间的一种崇敬和人世间分不开，但事实上，我国的人民仍都是善恶不辨，是非不明，天天在造恶，天天在做坏事！

最奇怪的，中国文学作品里没有一部写劝善改恶的东西，很多的书本里，虽也有些写到"善有善报，恶有恶报"的字眼，但都不是以灵的生活做骨干的灵的文字，至于像阴骘文这类的著作，虽也可称为导人向善的文字，然总不是文学的作品，只不过是一些劝世文罢了。尤令人莫名其妙的，就是那类最坏的书——使人看了会上当的书，也在说是劝善的作品，没有灵的文学出现，怎能令人走上正轨，做个好好的国民？然而就我研究文学的经验看来，中国确实找不出一部有"灵魂"的伟大杰作，诚属一大缺憾！佛经是不谈小说也不谈戏剧的，南方的僧人，虽也整天在努力讲经，到处弘法，劝人念佛，叫人行好事不要做坏事，或三五成群聚集一些老太婆说个把为善的故事，可是这些不但没有文学的价值，且使讲者自讲，听者自听，对方总是不明白佛经的，虽不无利益，但收效毕竟是很少的。

中国可以说是个佛教国，因为人民缺乏灵的文学的滋养，结果我国的坏人并不比外国少，甚至比外国还要多些；大家都着重于做人，然而着重于做人的人，却有很多简直成了没有"灵魂"的人，叫他吃一点儿亏都不肯，专门想讨便宜，普遍的卑鄙无耻，普遍的龌龊贪污，中国社会的每个阶层，无不充满了这种气氛。在这个全民抗战的现阶段，不顾国家存亡人民福利专为自私自利大发国难财的大有人在，像这样卑污龌龊的国民，国家会强盛吗？

谈到中国灵的生活，灵的文学，道教固然够不上——因为它是根据老庄哲学，再掺点佛教等色彩而成的宗教，就是儒家也没什么，唯有佛才能够得上讲这个；佛陀告诉我们，人不只是这个"肉体"的东西，除了"肉体"还有"灵魂"的存在，既有光明的可求，也有黑暗的可怕。这种说"灵魂"的存在，最易激发人们的良知，尤其在中国这个抗战的时期，使人不贪污，不发国难财，不做破坏抗战的工作，这更需要佛教的因具业报的真理来洗涤人们贪污不良的心理。

中国的佛教，已宣传了将近二千年，但未能把灵的生活推动到社会去，送入到人民的脑海去，致使中国的社会乱七八糟，人民的心理卑鄙无耻，这点我们不能不引以为遗憾！而一些信佛的老公公老婆婆，大都存在着一个老佛爷会来保佑他或她的一切的观念；这样的信佛，佛学怎样推动？社会岂能不糟？而佛教又何能不衰？我们要告诉他们，佛不是一个保险公司的老板，他不能保险你的一切！我们对于这种不正确的佛徒，要他来干吗？根本就要打倒！

中国现在需要一个像但丁这样的人出来，从灵的文学着手，将良心之门打开，使人人都过着灵的生活，使大家都拿出良心来，但不一定就是迷信。想推动中国灵的文学，灵的生活，平常人是不容易做到的，这重任只好落在你们和尚身上，因为你们富于牺牲精神，常人做不到的，你们可以做到，常人穷奢极侈的享受，你们可以置之如敝屣，你们知礼法，能为人，有勇敢，有毅力，对佛学又有深刻的认识和研究，故这责任非你们来负不可；但光靠佛经来推动那还是不够的，因为佛经太深，佛经太美，令人看了就有望门兴叹之感！以我对许先生给我的佛学入门的书单现在尚未着手去念为例，就可知道佛经研究的不易，倘若给予我十年或五年的工夫去念佛经也许会懂得一点佛理，但这机会始终就没有。凭我这样研究佛学尚且感到如此困难，一般的人那就不用说了！

诸位都是研究佛学的和尚，如果能够有一二位对我今天所讲的话感兴趣，发心去做灵的文学的工作，救救这没有了"灵魂"的中国人心，这样，可以说我讲的一点小意义发生了作用！

原载 1941 年 2 月 1 日《海潮音》第 22 卷第 2 号

小型的复活（自传之一章）

"廿三，罗成关。"

廿三岁那一年的确是我的一关，几乎没有闯过去。

从生理上、心理上和什么什么理上看，这句俗语确是个值得注意的警告。据一位学病理学的朋友告诉我：从十八到廿五岁这一段，最应当注意抵抗肺痨。事实上，不少人在廿三岁左右正忙着大学毕业考试，同时眼睛溜着毕业即失业那个鬼影儿；两气夹攻，身体上精神上都难悠悠自得，肺病自不会不乘虚而入。

放下大学生不提，一般地来说，过了廿一岁，自然要开始收起小孩子气而想变成个大人了；有好些廿二三岁的小伙子留下小胡子玩玩，过一两星期再剃了去，即是一证。在这期间，事情得意呢，便免不得要尝尝一向认为是禁果的那些玩意儿；既不再自居为小孩子，就该老声老气地干些老人们所玩的风流事儿了。钱是自己挣的，不花出去岂不心中闹得慌。吃烟喝酒与穿上绸子裤褂，还都是小事；嫖嫖赌赌，才真够得上大人味儿。要是事情不得意呢，抑郁牢骚，此其时也，亦能损及健康。老实一点的人儿，即使事情得意，而又不肯瞎闹，也总会想到找个女郎，过过恋爱生活；虽然老实，到底年轻沉不住气，遇上以恋爱为游戏的女子，结婚是一堆痛苦，失恋便许自杀。反之，天下有欠太平，顾不及来想自己，杀身成仁不甘落后，战场上的血多是这般人身上的。

可惜没有一套统计表来帮忙，我只好说就我个人的观察，这个"罗成关论"是可以立得住的。就近取譬，我至少可以抬出自己做证，虽说不上什么"科学的"，但到底也不失"有这么一回"的价值。

廿三岁那年，我自己的事情，以报酬来讲，不算十分的坏。

每月我可以拿到一百多块钱。十六七年前的一百块是可以当现在二百块用的；那时候还能花十五个小铜子就吃顿饱饭。我记得：一份肉丝炒三个油撕火烧，一碗馄饨带沃两个鸡子，不过是十一二个铜子就可以开付；要是预备好十五枚做饭费，那就颇可以弄一壶白干儿喝喝了。

自然那时候的中交钞票是一块当作几角用的，而月月的薪水永远不能一次拿到，于是化整为零与化圆为角的办法使我往往须当一两票当才能过得去。若是痛痛快快地发钱，而钱又是一律现洋，我想我或者早已成个"阔佬"了。

无论怎么说吧，一百多圆的薪水总没教我遇到极大的困难；当了当再赎出来，正合"裕民富国"之道，我也就不悦不怨。每逢拿到几成薪水，我便回家给母亲送一点钱去。由家里出来，我总感到世界上非常的空寂，非掏出点钱去不能把自己快乐地与世界上的某个角落发生关系。于是我去看戏，逛公园，喝酒，买"大喜"烟吃。因为看戏有了瘾，我更进一步去和友人们学几句，赶到酒酣耳热的时节，我也能喊两嗓子；好歹不管，喊喊总是痛快的。酒量不大，而颇好喝，凑上二三知己，便要喝上几斤；喝到大家都舌短的时候，才正爱说话，说得爽快亲热，真露出点燕赵多慷慨悲歌之士的气概来。这的确值得记住的。喝醉归来，有时候把钱包手绢一齐交给洋车夫给保存着，第二日醒过来，于伤心中仍略有豪放不羁之感。

也学会了打牌。到如今我醒悟过来，我永远成不了牌油子。我不肯费心去算计，而完全浪漫地把胜负交与运气。我不看"地"上的牌，也不看上下家放的张儿，我只想象地希望来了好张子便成了清一色或是大三元。结果是回回一败涂地。认识了这一个缺欠以后，对牌便没有多大瘾了，打不打都可以；可是，在那时候我绝不承认自己的牌臭，只要有人张罗，我便坐下了。

我想不起一件事比打牌更有害处的。喝多了酒可以受伤，但是刚醉过了，谁者不会马上再去饮，除非是借酒自杀的。打牌可就不然了，明知有害，还要往下干，有一个人说"再接着来"，谁便也舍不得走。在这时候，人好像已被那些小块块给迷住，冷热饥饱都不去管，把一切卫生常识全抛在一边。越打越多吃烟喝茶，越输越往上撞火。鸡鸣了，手心发热，脑子发晕，可是谁也不肯不舍命陪君子。打一通夜的麻雀，我深信，比害一场小病的损失还要大得多。但是，年轻气盛，谁管这一套呢！

我只是不嫖。无论是多么好的朋友拉我去，我没有答应过一回。我好像是保留着这么一点，以便自解自慰；什么我都可以点头，就是不能再往"那里"去；只有这样，当清夜扪心自问的时候才不至于把自己整个地放在荒唐鬼之群里边去。

可是，烟、酒、麻雀，已足使我瘦弱，痰中往往带着点血！

那时候，婚姻自由的理论刚刚被青年们认为是救世的福音，而母亲暗中给我定了亲事。为退婚，我着了很大的急。既要非做个新人物不可，又恐太伤了母亲的心，左右为难，心就绕成了一个小疙瘩。婚约到底是废除了，可是我得到了很重的病。

病的初起，我只觉得浑身发僵。洗澡，不出汗；满街去跑，不出汗。我知道要不妙。两三天下去，我服了一些成药，无效。夜间，我做了个怪梦，梦见我仿佛是已死去，可是清清楚楚地听见大家的哭声。第二天清晨，我回了家，到家便起不来了。

"先生"是位太医院的，给我下的什么药，我不晓得，我已昏迷不醒，不晓得要药方来看。等我又能下了地，我的头发已全体与我脱离关系，头光得像个磁球。半年以后，我还不敢对人脱帽，帽下空空如也。

经过这一场病，我开始检讨自己：那些嗜好必须戒除，从此要格外小心，这不是玩的！

可是，到底为什么要学这些恶嗜好呢？啊，原来是因为月间有百十块进的项，而工作又十分清闲。那么，打算要不去胡闹，必定先有些正经事做；清闲而报酬优的事情只能毁了自己。

恰巧，这时候我的上司申斥了我一顿。我便辞了差。有的人说我太负气，有的人说我被迫不能不辞职，我都不去管。我去找了个教书的地方，一月挣五十块钱。在金钱上，不用说，我受了很大的损失；在劳力上自然也要多受好多的累。可是，我很快活：我又摸着了书本，一天到晚接触的都是可爱的学生们。除了还吸烟，我把别的嗜好全自自然然地放下了。挣的钱少，做的事多，不肯花钱，也没闲工夫去花。一气便是半年，我没吃醉过一回，没摸过一次牌。累了，在校园转一转，或到运动场外看学生们打球，我的活动完全在学校里，心整，生活有规律；设若再能把烟卷扔下，而多上几次礼拜堂，我颇可以成个清教徒了。

想起来，我能活到现在，而且生活老多少有些规律，差不多全是那中一"关"的劳；自然，那回要是没能走过来，可就似乎有些不妥了。"廿三，罗成关"是个值得注意的警告！

图书在版编目（ＣＩＰ）数据

活着就要有趣洒脱 / 老舍著 . -- 南昌 ：江西美术
出版社，2020.5
ISBN 978-7-5480-7451-9

Ⅰ. ①活… Ⅱ. ①老… Ⅲ. ①散文集—中国—现代
Ⅳ . ① I266

中国版本图书馆 CIP 数据核字（2020）第 040432 号

出 品 人：周建森
责任编辑：陈 军
责任印制：谭 勋

活着就要有趣洒脱
老 舍 著

出　　　版：江西美术出版社
地　　　址：江西省南昌市子安路 66 号
网　　　址：www.jxfinearts.com
电子邮箱：jxms163@163.com
电　　　话：0791-86566274
邮　　　编：330025
经　　　销：全国新华书店
印　　　刷：香河利华文化发展有限公司
版　　　次：2020 年 5 月第 1 版
印　　　次：2020 年 5 月第 1 次印刷
开　　　本：710 毫米 ×1000 毫米　1/32
印　　　张：11
Ｉ Ｓ Ｂ Ｎ：978-7-5480-7451-9
定　　　价：48.00 元

本书由江西美术出版社出版。未经出版者书面许可，不得以任何方式抄袭、复制或
节录本书的任何部分。
版权所有，侵权必究
本书法律顾问：江西豫章律师事务所　晏辉律师